风铃鸟

马国兴　王彦艳　主编

风铃鸟系列美文读物

幸福的麻花辫子

文心出版社

·郑州·

图书在版编目（CIP）数据

幸福的麻花辫子 / 马国兴，王彦艳主编 . — 郑州 ：文心出版社，2016. 5
ISBN 978 - 7 - 5510 - 0859 - 4

Ⅰ. ①幸… Ⅱ. ①马… ②王… Ⅲ. ①小小说 – 小说集 – 中国 – 当代 Ⅳ. ①I247. 8

中国版本图书馆 CIP 数据核字（2016）第 055182 号

出版社：文心出版社
（地址：郑州市经五路 66 号 邮政编码：450002）
发行单位：全国新华书店
承印单位：北京龙跃印务有限公司
开本：700 毫米 ×960 毫米 1 / 16
印张：12
字数：150 千字 印数：1 – 5 000 册
版次：2016 年 5 月第 1 版 印次：2016 年 5 月第 1 次印刷

书号：ISBN 978 - 7 - 5510 - 0859 - 4 定价：22. 60 元

目录
Contents

成长的秘密

○孙道荣

同事放下电话,对我们说,请大家帮帮忙。

问缘故,同事说,刚刚朋友打电话来说,他的女儿在农贸市场旁边摆了个地摊,卖莲蓬。同事的朋友偷偷在一边观察,小家伙的摊子已经摆了快一个小时了,还没有卖出一个莲蓬。假期,上小学三年级的女儿,想磨炼磨炼自己,于是,昨天从市场上批发了一小袋子莲蓬,自己摆摊卖。小家伙第一次练摊,如果卖不出去的话,打击会很大,所以,想请大家帮个忙,去买上一两个,给孩子一点信心。同事说,小姑娘认识他,自己去买的话会穿帮,只好请我们帮忙。

农贸市场离单位不远,中午休息的时候,我打头阵,去买莲蓬。

正午的太阳,还很毒。虽然只有两百多米,走过去已汗津津了。远远地看见,农贸市场大门外一侧的树荫下,坐着一个小姑娘,面前摆着两小堆绿绿的莲蓬。应该就是同事朋友的女儿。

慢慢走过去。路上行人不多,小姑娘眼巴巴地盯着每一个路过她身边的人。一个男人扭头看一眼,迟疑了一下,又加快脚步,匆匆走了。小姑娘失望地看看他的背影,又把目光移向下一个行人。

小姑娘看见了我,眼神里充满了期待。不想让她看出我是特意来买莲蓬的,因此,我装作没看见,径直往前走。从小姑娘身边经过

的时候,我几乎能听见她屏住的呼吸。走过几步,我突然反身,走到小姑娘的莲蓬摊前。小姑娘喜出望外地看着我。我蹲下身,问她,莲蓬怎么卖? 小姑娘激动地指着左边的莲蓬说,小莲蓬,一元钱一个;又指指另一边说,大一点的两元钱一个。

我各拿起一个莲蓬,比较了一下,一个比另一个只是稍大一点。我对小姑娘说,你看看,这个大不了多少,却要比另一个价格贵一倍,是不是有点不合理? 小姑娘羞涩地笑着说,这是我自己分出来的。如果你真想买的话,大的小的都是一元钱。我也笑了,这样的话,别人会只买大的,小的就卖不出去了。我给你出个主意,小的还是一元钱一个,大的两个三元钱,你看怎么样? 小姑娘高兴得拍着手,叔叔,你这个主意好,就听你的。我掏出五元钱,买了两个大莲蓬,两个小莲蓬。小姑娘拿出一个小塑料袋,高兴地帮我装了起来。

买好了莲蓬,我并不急着走,继续和小姑娘聊。我问她,批发这些莲蓬花了多少钱? 小姑娘擦了一把脸上的汗珠,告诉我,一袋子二十二元。回家数了数,总共三十六个,其中大一点的十四个,小的二十二个。顿了顿,小姑娘兴奋地说,如果都能卖出去的话,那就是四十三元,这样的话,我就能赚二十一元。

小姑娘一激动,把她的商业秘密全说出来了。我问她已经卖出去多少了,小姑娘有点沮丧:从早上卖到现在,才卖掉三个小的,不过,加上你刚才买的四个,总共七个了。我好奇地问她,如果都卖掉的话,赚到的这笔钱你打算做什么? 小姑娘眨巴着眼睛说,只有二十一元,能干什么呢? 我可以加上自己攒下的零花钱,给妈妈买一件礼物。小姑娘告诉我,以前每天爸爸都会给她十元零花钱,但她总觉得太少了,有的同学家长一天给二三十元零花钱呢。今天自己卖莲蓬,才知道爸爸妈妈挣钱很不容易。小姑娘一边说着话,一边用折叠扇对着莲蓬扇。我笑着问她为什么对着莲蓬扇,小姑娘笑着说,这样它

们凉快一点儿啊。小姑娘晒得红扑扑的脸上，细汗涔涔。

回到单位，我将莲蓬分给同事们品尝。剥下一颗莲子，送进口中，清香，微甜，苦苦的莲心。我们议论着小姑娘卖莲蓬的事情。其实，那些莲蓬最终能不能卖得出去，对她来说，都是一次难得的人生体验。这可能是她离真实的生活最贴近的暑假。

第二位同事准备出发去买莲蓬了。小姑娘不会知道这一切，这是成长的秘密。

信　任

○孙道荣

暑假我和儿子到西安旅游。为了游玩方便,我准备包辆车,游玩东线。在西安火车站,我找了一辆揽客的小车。司机开价一百五十元,没想到这么低,我毫不犹豫就答应了。

一路上,司机很热情地向我们介绍临潼的各个景点,建议我们选择两个代表性景点就可以了,上午游览骊山,下午参观兵马俑。

车一直开到骊山脚下。下车的时候,我问司机,要不要先预付点押金?司机摆摆手:"大哥,不用,我信你。我就在门口等你们,你们玩好了,我再送你们去看兵马俑。你记下我的手机号,出来时要是找不到我,就打我手机。"

我笑笑,没想到他这么信任我们。他报了一个号码,我输入手机,想了想,摁了拨出键。他的手机响了,这样,我的号码也留在了他的手机上。

我和儿子进山了。经过鸟语花香的鸟园,我们冒着烈日,向山顶攀登。从烽火台下来,有一个岔路口,一个方向指着兵谏亭,一个方向指着老君殿,我们选择了兵谏亭方向。从兵谏亭出来,就到了出口,我一看,傻了,这不是我们进山时的大门啊。问工作人员,原来骊山有两个山门,相距几公里。

山门口候客的出租车司机纷纷向我们招手。我给司机打了个电话,他说:"大哥,别急,我马上过来接你们。"

一会儿,司机开着车赶了过来。我歉意地笑笑,走错山门了。他却连声谢我。我明白他的意思,如果我从这个山门打别的车走了,他今天可就亏大了。

他将我们送到了兵马俑博物馆入口不远处,让我们下车。我以为这次他应该让我先把车费付了,没想到他还是只字未提。我也索性不提这茬儿。

参观了两个多小时,我和儿子恋恋不舍地从兵马俑博物馆走出来。路过停车场,见到好多发往西安的公交车,其中一辆车正要离站。我忽然恶作剧地想,如果我带着儿子跳上这辆公交车回西安,那个司机可就惨了。不知道此刻儿子怎么想?

我当然不会真的这么干。在一排排汽车里,我找到了我们包的那辆车。

在回西安的路上,我终于忍不住问他:"今天我有两次机会可以乘别的车走,那样的话,你今天可就白干了。我不明白,你为什么这么相信我?"

他扭头看了我一眼,坚定地说:"大哥,你不是那种人!"

我笑笑:"你不能光凭感觉就相信别人。"

他用手指指坐在我身边的儿子:"再说,你带着孩子,这么乖的孩子,你会当着他的面欺骗别人吗?"

他说得对,虽然我偶尔也难抵一些本能的诱惑,但在自己的孩子面前,我会尽量表现出高尚、正派的一面,我得给他做出榜样。

"其实,大哥,今天,与其说是相信你,不如说是相信你的孩子。"我奇怪地问他缘故,他说:"早上你在和我谈价格的时候,我注意到你儿子的手上拿着一个塑料袋,是刚吃过早点吧。我看见他一直捏在

手上，直到找到了一个垃圾筒投进去。就冲这点，大哥，我信你们。"

这是我没有想到的。我感慨地对他说，正是因为你的信任，我们才更不会溜走啊。

车到西安，我付给他车钱，一张一百的，一张五十的，他接过钱，对着天空照了照。忽然，意识到了什么，他不好意思地笑笑："对不起，习惯成自然了。"

我也笑笑。在这个信任越来越稀缺的年代，一个陌生的司机如此信任我们，让我在我的未成年的孩子面前感受到了被人信任的尊严，同时，也向我的孩子传递了一次信任的力量。

谢谢你，陌生的朋友！

幸福的麻花辫子

○孙道荣

早晨的金色阳光,刚刚爬上阳台。

她坐在阳台的椅子上,脸朝东,阳光照在她的脸上,她的脸安静、祥和。

他站在她身后,专注地抚弄着她的头发。先用梳子梳顺,然后很细心地分出一小缕头发,开始扎麻花辫子。他的手指关节粗大,像弯曲的枝丫,样子显得很笨拙。

扎好了一根,很细心地再分出一小缕头发,继续扎。一缕阳光温柔地穿过发梢,在他粗糙的指尖跳跃。

她忽然扭了一下脖子。他俯下身子,问她,弄痛你了吗? 她笑着摇摇头,脖子有点痒。他帮她挠了挠。还痒吗? 不了。

麻花辫子终于扎好了。

她回头冲他笑笑,露出一口的豁牙,好看吗? 他笑笑,也露出一口的豁牙,好看。他搀扶她站起来,从阳台蹒跚地走进家中。一对老人,开始了他们新的一天。

这是他们每天早晨必做的第一件事。

六十年前,她就是盘着一头好看的麻花辫子成了他的新娘。又粗又浓的麻花辫子,让小镇的嫂子姑娘们羡慕不已。从小她就喜欢

让娘帮她将头发扎成一根根的麻花辫子，成亲之后，生活的重担将他们压得喘不过气来，相继出生的孩子们更是让窘困的日子如雪上加霜，但不管生活多么艰难，她每天都将头发扎成麻花辫子，为此她宁愿比其他人早起一个小时。

麻花辫子，一直陪伴着她，成为她的骄傲。

然而，十几年前的一次手术留下了可怕的后遗症，她的手再也举不过头顶了。这意味着，她再也不能梳麻花辫子了。出院那天，他忽然从口袋里摸出那把她梳了几十年的牛角梳子，对她说，我来帮你扎麻花辫子吧。她呆了。你帮我梳麻花辫子？虽然在一起生活了几十年，但让也已经六十多岁的老头子帮自己梳麻花辫子，她觉得无法接受，她不想让自己的老伴受这份难堪和委屈。再说，老都老了，还梳什么辫子？

女儿说，我来帮妈扎吧。他却不让，你能帮你妈扎一辈子吗？但是我能。

他不由分说，帮她梳理起来。

在病友们好奇的目光中，他笨手笨脚地帮她扎麻花辫子，好几次，头皮被他拽疼了。她的眼里，噙着泪水。一根辫子扎好了，又一根辫子扎好了，她的已经花白的头发，被他扎成了一根根粗细不一的麻花辫子，样子看起来古里古怪。她看不见自己的样子，但她从病友们好奇、羡慕的目光中，感受到了老伴的手艺。她笑了。

帮她扎麻花辫子，从此成了他每天生活的一个重要内容。

在晴朗的早晨，如果你恰好路过楼下，你一定能够看见，在二楼的阳台上，一个白发苍苍的老人在为另一个白发苍苍的老人扎麻花辫子。阳光洒在两张布满沟壑的脸上，仿佛要抹平岁月的痕迹。他的神情是那么专注，她的神情是那么祥和。在我看来，这是我们这个城市早晨最美的一道风景。

每天黄昏，你还能看到，他搀扶着她，在小区里散步。她已经不能走远，他们就围着楼房，一圈一圈，慢慢地走着，落日将两个日趋衰老弯曲的背影，拉得很长很长。如果你足够细心，你会发现，她的麻花辫子梳得越来越细密，也越来越好看了。在我看来，这是我们这个城市黄昏最美的一道风景。

他们是妻子的外公外婆。从来没有见过两位老人红过脸，这让结婚之后就一直争吵不休的我和妻子，羞愧不已。在他们看来，我们是好日子过多了。一次，在我和妻子又为一件小事闹不愉快后，外公将我拉进房间，我以为要挨训了，没想到老人捋捋我的头发，笑着说，瞧你的头发，乱得跟你的脾气一样，常梳梳，就顺了。我的脸倏地红了。是啊，生活不就是一头头发吗？用心梳理，才会顺滑，才会光彩照人啊。

我的儿子，小时候最喜欢爬到太婆身上，一根一根数太婆头上的麻花辫子，这个十三岁的少年，曾经在一篇作文中写道，数着太婆头上的麻花辫子，就像数着他们的幸福生活。

圣 诞 夜

○郑兢业

　　因赶写篇东西，熬得天昏地暗，我已有三四天没有出门，没正儿八经吃顿饭了。今晚，我打算款待一下自己，买点下酒菜喝二两。顶着削耳割鼻的冷风，一路小跑，到附近的肯德基炸鸡店买了一份炸鸡。当我提着炸鸡转过身时，一双肮脏皲裂的手向我伸过来。

　　我认识这个乞丐，他时常在我家附近的这一带转悠。我晚上出来散步，偶尔还看见他栖身在立交桥下的避风处。我有点反感、有点蔑视这个乞丐。我认为一个不老不嫩，俩胳膊齐全，俩腿健在，不憨不傻，凭自己的辛勤劳动不难养活自己的人，实在不该加塞到行乞的队伍中，去争那些不以此谋生就难以活下去的人们的饭碗。

　　说实话，如果向我伸手的是一个残疾人、老人或幼童，我是不大会冷冷拒绝他的。虽然我不敢说自己有多善良，但一个正常人应有怜悯之心，我并不特别欠缺。更让我生气的是，这个乞丐今天特别执着，他不仅伸着手撵了我好远，揪我的衣襟，竟还跑到我前头，伸开双手，拦截我两次。惹得路人驻足窃笑，把我陷于吝啬冷血、被责难遭讥笑的境地。这就愈发加深了我的厌恶之情。

　　弄到这份儿上，我本来可以让我俩都有个台阶下的，掏出个零钱或给他两块炸鸡，他的执着终有所获，我的决绝也终有所消解。但他

那不达目的不罢休的无赖黏糊劲,激发了我的犟筋头。我前世不差你,今世不欠你,施舍是件令人愉快的事,被迫为之,岂不变了味?你就是撵我到天边,我也一毛不拔。

回家打开电视,对影把盏,一口浓烈的二锅头从嘴唇火到肠胃。那讨厌乞丐留给我的不愉快随之云去烟消。炸鸡味道不错,电视屏幕上新闻女主播今天格外美。然而,她金口一开:"各位观众,今天是圣诞节,祝各位观众圣诞快乐!"

她这么一祝福,在我身上产生的效果恰恰相反,我那点刚成气候的快乐,立马消失了。

我燃上一支烟,眼前和脑子里都起了烟雾。今天是圣诞节?怎么今天就圣诞节了呢?圣诞节,那可是繁华的梦树果实累累的日子啊!连上苍都派圣诞老人给人间送福遗爱,我怎么恰恰在这个神圣而温馨的日子,拒绝了一个乞丐呢?不管那乞丐的乞法是否欠妥,自己毕竟亵渎了这个人世间最神圣的节日。我在深深的愧疚中闷坐良久,再次端起酒杯。然而,酒到嘴里,已不是刚才那浓烈的醇香,而是火辣辣的苦涩。身下的沙发也像是化作了针毡。

圣诞夜把我放逐了。

补救吧,赎过吧。我穿上外衣,顶着寒风,急急走出家门。边走边打着腹稿:如果那乞丐还在炸鸡店门口做着皮焦肉嫩、又香又肥的好梦,我不止让他满足,还要给他一份意外的惊喜,让他久久难忘圣诞夜的好运。如果他不在那里,我一定要找到他,把他请到小饭店里吃点热饭热菜。

然而,炸鸡店门前没有乞丐的影子,我又沿着他经常游荡的街巷寻找,转遍三条小街,仍然没见他的影子。我站在一家宾馆门前的圣诞树下推想:莫不是他已猫到"家"歇下了?可是,寻遍立交桥下的所有避风处,我找到的是越来越沉重的失望。尽管我肚子很饿了,身上

一阵冷似一阵,可就这么回家又不心甘。再找找吧,即便找不到要找的人,或许会找到一个赎过的机会。我像寻宝一样,寻找着适合于把我从灵魂的流放地搭救回圣诞夜的人。

我在街灯的迎送下转悠着,寻觅着。到十点一刻,在火车站附近,我终于看到一个脏兮兮的流浪儿。他站在糕点铺的橱窗前,对着各色美食流口水呢! 我暗自庆幸,这个流浪儿的出现,是圣诞老人派来救赎我的使者,我万不能错失这个机会。

我快步走近孤伶瘦小的孩子,以十二分亲切的口气问他:小兄弟,你吃过晚饭了吗? 他对我狐疑地摇摇头。我高兴地拍拍他的肩膀说:你没吃晚饭,那真是太好了! 大哥请你下馆子吃羊肉烩面好吗? 你知道吗? 今天是圣诞节,圣诞节不应该有空着肚子的人。

听罢我这番美意,流浪儿由狐疑变得惊恐。他提起编织袋拔腿欲走,我哪肯放过如此难得的机会,牢牢地抓住他的胳膊,指指马路对面仍在营业的饭店。我怎么也想不到他会反应如此激烈,他尖声高叫:"我要喊警察啦! 你准是人贩子,想往饭里下蒙汗药,这种事我听多了! 我刚才还碰到俩挎着枪的警察! 你放开我!"

趁着我惊得一愣怔,他拼力挣脱,丢下编织袋里的全部家当,惶惶逃向夜幕……

人性隐污

○ 郑兢业

　　为躲避一个令人不快的访客,三天来,我活像一个地下工作者,整天屋门紧闭,窗帘密掩,心烦意乱地演着"空城计"。我已打定主意,"警报"不解除,就是老天爷来敲门我也不开。

　　三天前,我得到"麻烦预报"——故乡同学大喜来了封信,说是要来郑州看我,让我先备下两瓶好酒,要和我一醉方休。我对大喜心墙高筑,并非舍不得几杯淡酒,亦非怕他再向我借几个小钱,而是他那卧倒的名声使我避之不及。我回乡省亲的脚印虽然很稀,偶尔踏上故乡故土,也难得和他见面长聊,但从乡人对他片片段段的贬斥讥嘲中,这个中小学同窗的形象,已使我颇为他汗颜。我不认为贫困是一种罪过,但酗酒打牌揍老婆,却是多年来他生活中常开不败的恶花。虽然众人的舌头把他的脊梁骨捣得歪七扭八,我仍难以相信,那个昔日虽然泼顽却很侠气的人,会长进得如此狗屁不是。然而,他在我面前做的两次德行自白终使我相信,他的恶名当之无愧。

　　前年中秋节我回故乡,他向我借钱,说是要买只羊羔喂喂,我给了他七十元。后来听说,他牵回家里的,是杜康和五香羊蹄。去年中秋节,我们又在老家相逢,他又向我借钱,我用冷脸辣言打发他。临走,他梗着一脖子青筋公牛般向我告别:"从今以后,我不认识你!"

次日,我捏着鼻子找到他家,满足了他头天的心愿。他竟连个感谢的话都没有,只是蹲在当院水缸上,两手捧着头夹在膝间。

我还得知,他的酒风坏得出类拔萃,见酒必喝,一喝必醉,一醉必胡闹横搅。用酒浇他人的头发,让人家的衣袋同他干杯,还算是他"醉态"中的文雅之举哩。因而,他信上一说要来看我,我就烦得眉头直拧麻花。在多种应对之策中,我选择了闭门不见。

时钟鸣过五下,黄昏的来临使我顿感轻松又平添焦躁。天这么晚了,他不会来了,可这如临大敌的日子明天还要继续。我正欲打开录音机驱驱胸中闷气,"咣咚咣咚",一阵踢门声或者说是擂门声,震得我心惊肉跳。我的房子关着两层门,仅凭着这远离教养的搋门声,就可断定来者是谁。没错,他在外头大声地呼大名、喊小名、叫外号,我气得暗暗摇头瞪眼。如果说对采取闭门之策拒绝他来访,我心里还有点负疚的话,他这种粗鲁之举,倒使我心里坦然了。

外面终于平静下来,下楼的脚步声渐远终逝。

半点钟后,料想他已远去,我如释重负。穿上大衣,准备上街买点吃的。一开窗,方知天已变脸,朔风挟着暮雪,斜冲横舞,禁不住心头打个寒战。刚迈出门,差点被什么东西绊倒,定睛看去,是个装得满满的带着补丁的布袋。摸摸,里面装的红薯,袋子旁放着一嘟噜干辣椒,一小捆干豆角。我久久凝视着这一切,不觉额头沁出羞汗……

猫　王

○申剑

　　智斗狸猫,勇挫三花猫,挑战波斯猫,生擒折耳猫。可谓过五关斩六将,纯黑大猫狄戈斯,一路势如破竹,终于荣登粮库猫王的宝座。从此之后,他辖方圆十八里,统麾下八十九只猫。他的本名狄戈斯渐被遗忘,他的正式称呼为猫王。

　　拜王典礼上,群猫挨个献礼,麻雀、鱼虾摆了一桌,有两个千娇百媚的女猫干脆将温软的身体献给了他。但是粮库鼠王没来,猫王心如明镜,这都是上一任猫王捣的鬼。猫王冷笑,他说:从此之后,你们每只猫每天必须咬死十只鼠,可以吃掉两只,吃不完的给我摆在粮仓总管的门口,让他看看。另外,要把鼠群里最英勇的公鼠和最漂亮的母鼠抓来,要生擒。谁最先抓到,本猫王有重奖,至于奖品嘛……

　　猫王指指身旁两只刚伺候过自己的漂亮女猫。群猫摩拳擦掌,呼啸而散。猫王大笑着搂过两只女猫,开始享用大餐。

　　三天后,英勇鼠和漂亮女鼠被花狸猫捕到,果真毫发无损。猫王把两只漂亮女猫一并赏给花狸猫,花狸猫感动得热泪盈眶。猫王亲切地拍着花狸猫说,好好干,我不会亏待你的。

　　英勇鼠果真英勇,面对群猫的尖齿和利爪宁死不屈。猫王只说了两句话。猫王说,这只最漂亮的女鼠从此是你的了;还有,只要合

作愉快，鼠王由你来做。英勇鼠迟疑片刻，扑通跪下。猫王皱皱眉头，亲自扶起英勇鼠，拍着他的脑袋问，鼠王如此猖狂，背后谁在撑腰？

英勇鼠回答，是您的前任，他率领布偶猫、扁脸猫和鼠王联手，想把您撵下台……

霎时间，泪水如河，从猫王的蓝色大眼睛里滚滚而下，他哽咽道，我心性淡泊，本不想当王。可老猫王太为所欲为，让粮仓总管极为不满，长此下去，猫族会亡啊！我还不是为了猫族的生存和发展，才咬牙坐了这个烫手的王位……

群猫大恸，整个粮仓哭声一片。猫王摆摆手，说，同类相残，我所不愿啊。英勇鼠，你回去私下告诉布偶猫和扁脸猫，说我想他们，让他们回来吧，我会给他们各升两级职位的。

猫王忍痛揪下两根胡须，作为信物让英勇鼠带回。当夜，布偶猫和扁脸猫悄悄潜回粮仓，密晤猫王，猫王设龙虾大宴款待，当场给他们升职。一场大战开始了。

在鼠百倍于猫的情况下，猫王坚持让有孕的女猫和未成年幼猫留下，不得参战。他说，如果我们都战死了，那他们就是未来的希望。他们会给我们报仇的，哪怕是十年后、百年后。

哀兵必胜。此战猫王大胜。鼠王的喉管被猫王一口咬断，群鼠几乎被全歼。群猫损失也不小，有几只猫受了伤，伤势严重。猫王亲自给他们舔伤口、喂食，还挂了勋章。猫王把自己的套餐都让给伤猫，自己只和群猫一道吃些鼠雀。伤猫的情况日渐严重，眼看不行了，猫王一咬牙，率群猫抬着遍地的鼠尸，围着粮仓总管的衙门哀鸣不止。

粮仓总管只是胡乱给伤猫涂了点药膏，又扔了一袋牛奶。猫王大怒，下令英勇鼠率残部在总管的衙门里闹了一夜，群猫置之不理。总管拎着猫王进屋，叫他捕鼠，猫王只是伏地哀鸣。总管踢得猫王遍

地翻滚,群猫怒极欲反,猫王严厉制止。末了,总管抱起猫王,说,也罢,我这就让人送那几只猫去医院,你把这些鼠给我处理了。

猫王一声怒吼,群鼠尽皆散去。总管长叹,你这猫王,比我这总管厉害呀。伤猫很快病愈出院,猫王率众出迎十里。归来,布偶猫和扁脸猫押着前任猫王来献,猫王伸出双手,搂着前任的脖子,颤巍巍地喊道,老兄啊,你好糊涂哇。

前任猫王笑笑,小声说,兄弟,你这些招都是我用剩的,别玩了。咬死我吧。

猫王大声对群猫说,快来,见过我们的名誉猫王。从此以后,你们——也包括我,要像对父亲一般对他。

群猫齐喊:是。前任猫王终于化去一脸冰霜,说,兄弟,还是你高啊。

猫王摆摆蓬松的尾巴,嘴角抿成了弯月。他知道,直到此刻,自己这个王才算当稳当了。

鼠　斗

○申剑

　　英勇鼠自从当上鼠王，很是壮怀激烈了几天。可他很快就高兴不起来了，甚至还有些郁闷。原因自然是猫王。鼠的心事只能是猫啊。

　　猫王亲手扶持鼠王，可他并不打算让鼠王像自己一样找到王的感觉。他命令猫群依然对鼠群实施剿灭政策，见一只杀一只，见两只杀一双。反正鼠类的繁殖能力超强，斩不尽，杀不绝。如此既能讨得粮库总管的欢心，又能增加猫群的凝聚力，一杀多爽啊。

　　鼠王愤怒了，愤怒之余深感悲凉：想当初，要不是自己舍命相助，猫王又怎能坐稳那个王位呢？鼠王连续几天召开紧急会议，商讨对策，寻求出路，群鼠叽叽喳喳，绞尽脑汁，可始终没有什么有价值的良方。

　　鼠王长叹，千军易得，谋士难求，难道天要灭我吗？

　　非也，鼠王。一只老得褪尽了毛的仓鼠答道。仓鼠说，鼠王啊，天生鼠，又生猫，猫鼠相克，也相生。若鼠类灭绝，人类又怎能容得下猫？你只要把人类的本事学会一二，区区一个猫王，还怕对付不了？

　　鼠王大喜，忙叫手下端来两盅刚从总管屋里盗得的香油连并几只鸡蛋一同赐给这只老仓鼠。次日，鼠王挑选手下十只胆大的公鼠拜见猫王（胆小的一见猫就哆嗦、昏厥，甚至脑溢血）。鼠王献上肥

鸡、鲜兔各两只,喵台酒两盅,蚱蜢十串,还极为悲壮地呈上了一窝刚出生的鼠崽儿。

猫王胡须轻颤,冷冷地盯着鼠王。

鼠王慌了,赶紧掏出一只薄薄的小刀献上。他说,猫王啊,为了防止人类"二桃杀三士"的悲剧重演,请用这把刀把鸡和兔分了吧。

猫王一惊,心想,这货长本事了。

猫王说,鸡、兔虽美,鸡蛋也不错嘛,还有,听说总管屋里的香油也好美味哦。

鼠王不由打了两个寒战,他知道身边出奸细了。当猫王那冷森森的蓝色目光压过来,他再也承受不住,一下子跌倒在地,昏过去了。

鼠王醒来,他发现自己居然是躺在猫王的豪华大榻上,而猫王,正在给他把脉呢。鼠王一骨碌爬起来,跪倒在猫王脚下痛哭流涕。猫王想了想,一把搂过鼠王也放声大哭。

猫王抽泣着说,当王太难了,可上了这个道儿,不当不成呀。兄弟,你把那窝鼠崽儿带回去好好抚养吧,心意我领了。我不能吃了你的孩子。我要吃掉那只老仓鼠,你应不应?

鼠王迟疑道,亲爱的大王,他无罪呀。

猫王说,无罪?你看看前几任粮库总管,是怎么被粮道总督杀掉的?说他有罪就有罪。你不是封他当了大谋士吗?这是越制!够杀了吧?还有,他挑拨猫鼠关系,破坏发展大局……够了!

鼠王说,亲爱的大王,我不忍心……

猫王喝道,不忍心?那你怎么当王?

当老仓鼠被绑在行刑柱上时,猫王屈尊来到鼠宫,刹那间,群鼠昏倒一片,有几只胆小的,甚至当场死于脑溢血。

老仓鼠大骂鼠王,你这个下流东西,你比人类还要卑鄙无耻。天灭吾鼠呀!

　　猫王示意,鼠王无奈,上前一口咬死了老仓鼠。猫王冷笑着剥下了老仓鼠的皮,扔给鼠王,说,兄弟,你用这个当被子。人类不是有一套"镜子学说"吗?你就以皮为镜吧。还有,以后不准再去总管屋里偷东西,那是我失职,知道吗?唉,各让一步吧。你在你的嫡系、爱妃、子孙身上做个标记,我会让猫群关照的。

　　鼠王不敢不盖着那张血淋淋的"被子"睡觉,他怕奸细报告猫王。很快,由于严重失眠加之噩梦不断,鼠王患了抑郁症。患了抑郁症的鼠和人一样,都很厌世想轻生。鼠王就想,反正生无所欢,我干脆率鼠群把粮仓点上一把火,与猫同归于尽算了。

　　鼠王开始为此做准备。猫王很快知道了。猫王脸上没有愤怒,当王当久了,他的心事不再挂在脸上。他溜到总管屋里,偷了二两喵台酒喝,好酒解心事呀。猫王次日率左次王(刚封的)扁脸猫潜入医院。一切大功告成。

　　就在鼠王欲点燃汽油时,猫王和扁脸猫从天而降。鼠王立刻被奸细控制。猫王久久无语,末了,一声悲鸣,群鼠胆战心惊。猫王说,我每日三省吾身,除了心太软,我没有别的毛病啊。你们都看到了,鼠王如此糊涂,完全是没有贤士辅佐所致呀。我,给你们带来了贤良的谋士。

　　扁脸猫上前,把手中的一只大白鼠放在鼠王面前。大白鼠的手中高举着一根灵芝。大白鼠尖声说,兄弟姐妹们,猫王专门去医院给鼠王取来灵芝,他的病会好的。而我,是猫王给你们请来的谋士,我会给你们带来新思想新理念的。让我们齐声为仁慈的猫王献上祝福吧。

　　大白鼠跳上汽油桶,领着群鼠共唱《猫王无敌》歌。猫王摇摇尾巴作为示意,之后和扁脸猫在吱吱的歌声中走了。

　　扁脸猫问,大王,为何不咬死鼠王?

　　猫王的蓝眼睛在月光下晶莹澄澈如宝石,他"喵"地一笑,说,左次王,你该读点书了。

龙　变

○申剑

　　小咖啡是整个猫群里最漂亮的女猫。她一身浅咖啡色的长毛，在微风中拂动时，宛如天上的云朵一般盛开；她的眼睛一红一绿，红的比玛瑙晶亮，绿的令翡翠失色。猫王每次见到她，都有初恋的感觉，酸酸的，甜甜的。

　　春夜如水，弦月若弓，群星碎银闪烁，似情人的眸子，让猫王黯然销魂。猫王把小咖啡约到河边，他有些羞涩地给了她一颗鸽蛋大的珠子。

　　狄戈斯，这是什么呀？小咖啡揪着猫王的大尾巴问道。整个猫群，只有她敢叫他的本名，也只有她敢玩弄他的尾巴。

　　猫王搂着小咖啡说，这是我去年八月十五夜里，在河边捕鱼，忽然河里泛起一道水柱，这颗珠子就落在我脚边。这时狂风大作，河水翻腾……

　　小咖啡一头扎进猫王怀里，她说，我好怕呀，狄戈斯，这到底是什么东西呀？

　　珠子在月光下沁出一层雾气，*丝丝缕缕的*。

　　猫王说，肯定是好东西，若是落到人类手里，会引起战争的。人类爱抢别人的东西，抢来抢去，白骨成山。小咖啡，我的东西，谁也抢

不走。

小咖啡把玩着珠子,一双眼睛波光粼粼,曼妙无比。猫王的心都醉了。

忽然,一声巨响,一道水浪冲天而起,一只头顶带角、身如蟒蛇的怪物立在浪头,冲着猫王张开血盆大口。

猫王浑身发抖,却仍把小咖啡挡在身后。越是危急时刻,越要保住王的威仪。他说:喂,怪兽,你是谁? 我可是大名鼎鼎的猫王……

怪兽扭动着数十丈长的身子,一下子把脑袋伸向猫王。他发出了一阵长风般尖厉的呼啸,他说:该死的猫王,还我龙珠。我是河神一摸姬,在此镇河五百年,去年八月十五赐龙珠,我可成龙而去。却被你偷了……

猫王大叫,我没偷! 是我钓鱼捡到的。你凭什么证明是你的?

怪兽叫道,还我龙珠! 我要成龙!

猫王身后的小咖啡早就吓得瘫作一团,她说,狄戈斯,保命要紧,快给他……

别怕,我能保护你。猫王举起珠子,对怪兽说,给你珠子可以,但你若真是河神,就要每年冬天给我的猫群鲤鱼两千斤。怎么样? 合算吧?

怪兽仰天长啸,霎时电闪雷鸣,猫王和小咖啡紧紧相拥,抖作一团。忽然,猫王纵身一跃,跳到怪兽的后脑勺上,狠狠咬了下去。怪兽负痛腾起,搅得河水翻腾,飞沙走石……

好一阵子,怪兽力竭,一下子瘫在河边呻吟着说,该死的猫王,我服了。你吃了龙珠成龙去吧。

猫王哼了一声,说,成龙? 成了龙不过是每天驾朵破云下雨,管得了谁? 我才不呢。我是猫王呵,我管着两百多口猫呢。唉,你的智商太低,根本不懂当王的乐趣。珠子给你。你吃吧。

怪兽张口接住珠子。霎时祥云笼罩,仙乐四起,不一会儿,只见云头一条金龙,鳞甲逆张,威武无比。

金龙颔首示意,说道,猫王,多谢成全。每年冬至,你可到河边取鱼。

金龙腾空而去。猫王大叫,喂,喂,别走呀,交个朋友吧。给我那园子下点雨浇浇花吧……

小咖啡拽住猫王说,亲爱的狄戈斯,我最神勇的王,我爱你,崇拜你。

猫王没说话,他心里有点遗憾,早知道那怪兽真能成龙,应该多要点东西的。

麦场上那捆干柴草

○仲维柯

"早上割的柴草呢？怎么没背回家？"见我拿着柴刀和绳索两手空空回家，爹便皱着眉头问。

"我……背着怪沉的，把它晒在咱队的麦场了。"

"下午可别忘了把它背回家，"娘说，"广播里说晚上有雨。"

有雨?！我的心不由吊到嗓子眼，暗自骂二蛋这个蠢货，他出的馊主意这回可把我害苦了。

娘将一块黄灿灿的玉米饼子递给我，又给我盛了一大碗绿豆汤："这段时间锅底下烧的，全依靠俺娃子了——才十来岁的孩子，真有能耐……"

往常只要听得娘这一番夸奖，嘴里的玉米饼子就别提多有滋味了，可今儿，味如嚼蜡，难以下咽，虽然肚子早已咕咕作响。

心不在焉地吃完了饭。爹说："一早一晚割两捆柴草就行，中午天热就在家歇歇吧。"我一生一世最爱听的就是爹这句话——能在家自由自在地玩儿，对于一个十岁的孩子来说，那是一件多么惬意的事儿啊！——可今儿，我没丝毫快意，只默默点了点头。

爹刚出门，早晨跟我一起割柴草的二蛋他们几个就一窝蜂到了我们家（他们也享受到了中午不用去割柴草的待遇），可往昔欢天喜

地的神色荡然无存，一个个脸拉得老长，跟老叫驴似的。娘也出去了，屋里再也没有旁人，我们几个相互埋怨起来——

"我说在黑石崖下咱不能睡，你们就是不听！"我埋怨道。

"就你睡得死，太阳多高了，还没喊醒你！"三猴子呛了我一句。

"咱割满草再睡就好了，也不会在家这么提心吊胆的。"春喜后悔起来。

…………

"别怕！只要有我二蛋，保证你们谁都挨不了揍！说话不算话，我是这个！"二蛋双手比画了个王八样。

爹又下坡锄地去了；娘在胡同里跟几个老娘们纳鞋底，她们各自夸耀着自己孩子的能耐，声音传得很远。

听娘她们谈兴正酣，我们几个悄悄凑在一起，用心听着二蛋的神机妙算。

吃完午饭，没等太阳偏西我们几个就操上柴刀带上绳索上了老虎岭。太阳还没有落山，一大捆鲜柴草被我背回了家。

"到麦场把那捆干柴草背回来！"娘已催促好几次了，我无动于衷。

天空上了些乌云，娘的催促声更急了，我仍一动不动。

地上似乎飘下了些零零星星的雨点，娘忙招呼爹去背那捆干柴草，可爹竟不理娘那茬儿，依然眯着眼吸他的旱烟。

没办法，娘要亲自到麦场背那捆干柴草了，不想出门就跟二蛋撞了个满怀。

"不好了，不好了！俺们几个早上晒的柴草被人偷走了……割的都是些最硬棒的荆条子，烧锅那个好哟……"

"真的？谁偷的？……"我也装腔作势起来。

爹依然吸他的旱烟，跟没事儿人似的。

麦场上那捆干柴草

——{ 025 }——

娘听了以后,顿时呼天抢地起来,骂骂咧咧上了街。

"是哪个挨千刀的——俺十来岁的孩子,这么点人在黑石崖上割点柴草容易吗?你就这么狠心给俺偷去!……"

听着娘骂街的声音,二蛋很得意,我却觉得特别刺耳……

队里的钢弹在哪儿

○仲维柯

儿时很长一段时间,我总认为天底下最大的官莫过于我们生产队的队长。你看他往大街上一站,对着白洋铁喇叭筒一通狂呼猛喊,那些叔叔伯伯们便会陆续带着农具服服帖帖走出家门;年初岁末的分菜分粮,如何去分,分多分少,也全由他一人掌控;就连我畏之若虎的老爹在他面前也总是俯首帖耳,唯唯诺诺。

队长是爹的堂兄,一位人高马大、紫红脸膛的庄稼汉子。我见到他,总会半畏惧半讨好地叫他"二伯"。

在我们那群没入学的野孩子中,论年龄,论个头,论能说会道,我都是他们的首领,是他们的"队长"。每次嬉戏,他们必须先到我家来,由我带领,至于做什么游戏,当然也由我来定。跟在我们屁股后面最小的是侯山,尖耳瘦腮,小胳膊细腿,活脱脱一只小猴子——要不是他说他的瘸腿老爹打过日本鬼子,我们决不会让这么个小不点跟我们一起玩儿。

我是在带领着我的"小分队"进入家门时听到队长大嗓门的——"队里磅秤的钢弹没了,这群猴崽子整天在生产队大院里窜来窜去……"

队长找上门来,我深知这事儿的严重性,忙招呼那群"猴崽"溜之

大吉,却被在大门口纳鞋底的娘挡了回来。

娘将我们这群"猴崽"带到队长面前,爹在旁边站着,脸色也极为难看。我的心怦怦直跳,不敢正眼看我的那位队长二伯和爹;我手下的几位得力"干将",都瞪大眼瞅着我,好像我知道那钢弹下落似的。

"谁说出钢弹在哪里,这包糖就是谁的!"我这才发现,队长手里的确有一包糖,透过薄薄的塑料纸,还依稀辨得"小白兔"图案——那是最好的奶糖,五分钱一块!

众伙伴瞅着我,我依然低着头。

"不说?把你们的爹娘都叫来,看他们不用麻鞋底揍你们!"看来爹也生气了。

大伙还是瞅着我,我依然低着头。可我能说什么?我压根没见什么钢弹,甚至连那钢弹在磅秤的什么位置都不清楚。

"再不说,让队长都把你们关到公安局去,永远也别想见爹娘!……"娘的话让我不寒而栗——"关到公安局去",那可是对最坏最坏的人的惩罚!

哇——我大哭起来。

哇,哇——我身后的几个稍大点的伙伴也被吓哭了。

"钢弹,我知道!"

我忙停住哭啼,顺声望去。

说话的竟是人群最外圈的侯山,尖着嗓子,还在说着:"钢弹是我拿走的,我们昨儿把它埋在洼沟里了。"

队长喜出望外,忙把那包糖给了侯山。侯山还真义气,给我们每人发了一颗。乐滋滋嚼着奶糖的侯山领着他平日里特依赖的哥姐们和我心中最大的官儿——队长上路了。

洼沟是村东的一条浅水沟,我们平日里没少在那里摸鱼摸虾打水仗,可是,我分明记得,昨儿我们压根就没去洼沟呀!

在侯山的"指挥"下，我们这帮人从沟的上游找到下游，从沟的左岸找到右岸，直到太阳偏西还是一无所获。

"乖乖来，咱的钢弹到底让你埋在哪里了?"队长竟少了往日在街上喇叭筒前的那雄豪威力。

"就在这洼沟，我自个儿埋的! 旁边还有好多好多……"侯山说得有鼻子有眼。

那块糖，在我手心里早化成了一摊乳白色黏糯子，可侯山手里的糖袋子，满是展开的糖纸。

夕阳西下，暮色四合，队长悻悻地回村了，嘴里不停嘟噜着什么。我们这群孩子不约而同围住侯山，信服地望着他，感到这小不点有非凡的威力，真不是凡人。

第二天，队长没来找我们问钢弹的事儿。往后，也没有听见有谁再提及钢弹的事。钢弹被藏在哪儿了，到底找到了没有，我至今也不清楚。

倒是小不点侯山从此代替了我的"首领"位置，成了我们的"队长"。后来，生产队被土地承包经营组代替，再后来，侯山当了经营组组长，当了村主任。

侯山是去年出事的，听人说贪污村集体财产二十余万元。

唉，当年连那"最大官"队长都对付得了的侯山，也有对付不了的人和事——看来，他也是凡人。

捞笤

○仲维柯

"爹,咱家的笤又掉进井里了!……"

已记不清多少次在爹面前可怜巴巴地报告这对我来说天大的噩耗了。

"拙孩子,十来岁的人了,连担水都打不成!……"

爹骂得是,我的确很拙。同样是十来米的井,同样是麻绳做的井绳,同样是粗铁条弯成的钩子,可人家把笤放到井下,提着井绳一端忽左忽右有节奏摆动着,猛地一哈身,笤随即栽入水中,再提一下井绳,笤里面便灌满了水。我也是学着人家的样子,把笤放到井下,提着井绳一端忽左忽右摆动着,也猛地一哈身,笤也栽入水中,可当我提一下井绳时,轻飘飘的一根绳子,笤冒着水花沉到井底去了。

和我一样拙的还有邻居二丫,她爹也隔三岔五帮她捞笤。

爹出去了,我知道他去找锚和尼龙绳准备捞笤。二丫不知什么时候知道我掉笤的事,风风火火跑到我家里来,问这问那,大人似的,可在我眼里她纯粹是幸灾乐祸。

不一会儿,爹找来了锚(一个铁环,套着几个粗大的铁钩子)和一大团尼龙绳。爹去捞笤,我垂头丧气地跟在身后,可二丫也跟着,叽叽喳喳,乌鸦似的。

问了我筲掉的方位，爹就把锚放入水中。尼龙绳轻，水底的锚显得沉甸甸的。爹右手紧紧抓住尼龙绳一端，忽上忽下忽左忽右地试探着。

这是一口石砌的老井，圆形井口，直径约莫一米，井台上长满了青苔。

爹拿尼龙绳的手还在不慌不忙有节奏地试探着，眼都不看井底一下。

邻居二叔来打水，着实戏谑我一番，臊得我的脸发烧；末了，给了爹一根纸烟。嘴里噙着纸烟的爹，捞起筲来更有兴致，一会儿右手试探，一会儿左手试探，一会儿把锚提出水面，一会儿轻轻把锚抛入水中……

那天邻居大娘也来打水，她说的那话，我一辈子也忘不了。

"孩子，你真得好好学学打水！一辈子待在咱这山沟沟里，就离不开这老井，离不开这长长的井绳……二丫跟你不一样，她女孩子家，只要嫁到洼坡地里去，——人家那井，浅着哩，不用井绳，伸手就提！……"

那时，我清楚地看见二丫猛地傲气起来，公主似的。

爹的烟越来越短，几乎要烧到嘴唇了。这时，就听爹"嗯"了一声，烟屁股也被吐出老远。爹轻轻往上拉尼龙绳，我和二丫直盯着模糊的井底。"哗啦"一声，筲就露出了水面。

打那以后，我和二丫还是经常去老井打水。

在井台上，二丫逢人就讲，一定要嫁到洼坡地去，一辈子再不愿到这老井打水了……她还是经常把筲掉进井里，可不知怎的，对此她总显得理直气壮。我掉筲的次数似乎在减少，可每次打水总还是胆战心惊的。

二丫央求她爹把自己嫁到洼坡地去；可我没有洼坡地，爹就对我

说:"好好读书吧,那城里有哗哗淌的自来水。"

后来,二丫果真被她爹嫁到了微山湖边上的洼坡地;她说,再也没有捞过一次筲。我通过刻苦读书,上了大学,也真的用上了哗哗淌的自来水,当然也没机会掉筲了。

其实,祖祖辈辈吃老井水的乡亲们,而今早就用上了哗哗淌的自来水了。

水 家 乡

○蔡楠

鸬 鹚

　　我曾是一只野生的鸬鹚。我每年都从遥远的北方飞到遥远的南方去。白洋淀是我们候鸟的中转站。

　　可那年我被渔民陈瞎子的渔网逮住了。我就留在了白洋淀。陈瞎子当初是不瞎的,只是后来被我啄瞎了。那天,我飞过浩渺的水面,飞过远接百里的芦苇荡,来到了荷花淀。我看见了满淀的荷花艳丽无比,我看见了成群的鱼儿跳出水面闻香戏荷,我还看见了一群姑娘划着小船唱着渔歌采摘莲蓬。我落在一片硕大的荷叶上,将我鹰般的身体缩成了一只鸭的模样,我锐利的嘴被眼前的美景磨圆了。我忘记了自己是一个捕鱼高手。我想就是现在饿死,我也不愿破坏眼前的宁静啊。我呆了,我醉了。

　　不知过了多久,我的眼前"唰"地落下一道白光。荷叶倾倒,荷花飘零。我就被一张渔网罩住了。渔网慢慢收拢,提起后,透过缝隙,我看到了苇帽下一张黝黑年轻的脸,在船上,在阳光里得意地笑着,笑得眼睛都没了缝隙。我一下子就被激怒了。我缩成鸭一样的身体恢复了鹰的模样,铁青的羽毛闪着冷光,我磨圆的嘴重归锐利。等到

那人撒网抓住我的双腿时,我奋力一扑,就啄住了他的左眼。我狠命地在缝隙中嵌入我钩状的嘴,一股鲜红顺着我的嘴汨汨而出……从此,陈大船就成了陈瞎子。

我还是成了陈瞎子的俘虏。我时刻准备迎接陈瞎子对我的报复。然而,陈瞎子眼伤痊愈以后,却给我带来了一只漂亮的母鸬鹚:它羽毛洁白,双目含春,翅膀缓缓扇动,犹如一团芦花飘落在了船上。我感受到了它强烈的召唤和无声的撞击。我在船头呐喊着,跳跃着,挣脱了捆我的绳索,一头扎进了汪洋恣肆的大淀。不一会儿,我叼上来一条欢蹦乱跳的红鲤。我把红鲤送到了白鸬的面前,我轻啄着它光滑柔顺的羽毛,急不可耐地说,白鸬,我不走了。

我就这样留了下来。陈瞎子成了我的主人。我开始接受他对我的驯化。不久,我和白鸬开始在白洋淀生儿育女了。白洋淀成了我的家乡。

鱼 鹰

几年以后,陈瞎子成了白洋淀有名的鹰王。我们一家十口都成了他的鱼鹰。

做鱼鹰是一件辛苦的事情。我们经常是清早就随陈瞎子进淀,傍晚才上岸。清早和傍晚鱼多,捕上来很快能让鱼贩子在早市和晚市上卖掉。陈瞎子真是一个精明的渔人。他总是卖给人们新鲜的鱼。陈瞎子的精明还体现在对我们的使用上。他在我们的脖颈上套一个草环,然后"嘎嗨嗨,嘎嗨嗨"地唱着,用竹竿拍打着淀水赶我们下船。我们抓到大鱼,只能吞一半,留一半,叼上船,他就让我们全部吐出来,只让我们吃他准备好的小鱼、黄鳝和猪肠。

可我们还是乐此不疲。我和我的白鸬率领儿女们不停地游动在

风景秀丽的白洋淀里。草青青淀水明，小船满载鸬鹚行。鸬鹚敛翼欲下水，只待渔翁口令声……我们在捕鱼生涯里练就了高超的本领。我们每只鸬鹚单独作战，每天能从淀里逮住两三斤重的鱼。碰到大鱼，我们就协同作战。记得那一次围攻荷花淀里的鱼王花头，我、白鸬和儿女们有的啄眼，有的叨尾，有的衔鳍，一起把花头弄上了船。陈瞎子逢人便讲，我这鹰王逮住了鱼王，奶奶的，六十多斤呢！听到这话，看着陈瞎子独眼里抑制不住的光芒，我也用我的黑翅膀覆住白鸬的白翅膀，在儿女们的欢呼声里柔情地啄着它的脖颈。做鱼鹰真是一件幸福的事情。卖了那条大鱼以后，陈瞎子的好运来了。他换了大船，娶了媳妇，转年就有了一个双目齐全的儿子。

老　等

　　陈瞎子的好日月终于在白洋淀几度干涸后结束了。就像他的老婆在生完第四个孩子后突然病死一样。水干了，鱼净了，鱼鹰便没有了用场。我、白鸬和孩子们也难逃厄运。我的儿女们先后被陈瞎子卖到了南方，只剩下我、白鸬，一起陪着陈瞎子慢慢老去。

　　终于，在芦苇干枯、荷花凋败的时节，和我一起生活了二十多年的白鸬在吃了一只有毒的田鼠之后离开了我和陈瞎子。陈瞎子夹着铁锹，抱着白鸬，肩扛着我，来到了村边的小岛上。他挖了个坑，把白鸬埋了。陈瞎子盖好最后一锹土的时候，我发现他的独眼里滚下了几大滴混浊的老泪。就在埋白鸬不远的地方，有一座孤坟，那是他老婆长眠的地方。

　　陈瞎子流完泪，把我抱住，一边梳理着我脏乱的羽毛，一边絮絮叨叨地说，老伙计，你走吧，天快冷了，你飞到南方去吧。淀里建了个旅游岛，再不去，你就会被我卖到那里供游人观赏了。没有了自然

鱼,他们养了鱼,要你抓鱼表演给游人看呢!

　　陈瞎子把我往蓝天上送去。我抖动着衰老的翅膀,嘎嘎地叫了两声,艰难而又奋力地开始了许久不曾有过的飞翔。

　　我终于没能飞出白洋淀。尽管我曾是一只野生的鸬鹚,可我一点也找不到从前的野性。我已经融入了这方水土。白洋淀就是我的家乡。我在这个小岛上筑巢而居。我在干旱的淀边,凝望着天空,凝望着远方。我伸长了脖子久久地等待。我愿意做白洋淀最后的一只鱼鹰,最后的一个守候者。一直等到水的到来,一直等到鱼的到来。

　　后来,我就成了白洋淀一只长脖子老等。

鱼 非 鱼

○蔡楠

我 是 鱼

　　我是鱼。我是荷花淀里的一条黄鲤。自从我的孪生姐妹红鲤在那个夏天逃离白洋淀行走在岸上之后，我就成了鲤鱼家族的鱼尖儿。我享受着同类的百般呵护和万千宠爱。我披着一身锦鳞自由地游泳。我打着挺儿妩媚地歌唱。我跳到碧绿的荷叶间激情地舞蹈。那时，我不是一条鱼，我是鲤鱼王国里一个骄傲的公主。

　　然而，骄傲的公主不久便遇到了麻烦。我遭遇了花头的追逐。花头是白鲢家族的首领，它的弟弟白鲢和我姐姐红鲤的爱情故事曾经在白洋淀广为传颂。但是花头就不一样了。它粗壮威猛，恃强凌弱，小鱼小虾经常成为它的口中之物。在它栖息的巢穴里，还经常有神情倦怠的鱼儿舔舐着伤口黯然离去，有的一边流血还一边甩籽。它是花头，它更是魔头。

　　花头是在我出外游玩的归途中拦住我的。它足有一米长的身躯横亘在荷花淀的入口处，眼光湿润润黏糊糊地罩住我，巨鳃不停地翕动。花头说，黄鲤黄鲤，跟我回去！我扁扁嘴，没有理它。它就一口叼住了我的尾巴，叼着拖到了它的巢穴。然后用背、腹、胸及尾部的

鳍将我缠绕了起来。我不能挣脱。我流着眼泪喃喃絮语，你这花头，知道母鱼们为什么不喜欢你吗？因为你不会像白鲢对待红鲤那样对待我们啊。

我会我会，我改我改！花头突地就松开了鳍，接着把我推出巢穴，让一群鲢鱼送我回家。

其后我就目睹了花头的变化。它不再吞食小鱼小虾。它捣毁了自己的巢穴，把所有囚禁的母鱼都放了出来。那一段时间里，水下太平，各种生物和睦相处，荷花淀里时时泛起欢乐的浪花和动情的歌声。

随之就是那次大迁徙的到来。由于连年干旱，白洋淀水位急剧下降。荷花淀的鱼们不得不向深水淀泊迁徙。我随着鱼群游着，游过花头的巢穴。我看见鲢鱼们都走光了，只有花头守在那里，双眼空洞地望着远方混浊的水域。

我说，花头走吧，不走会遭殃的！花头没有扭头，只是凄凉地说，黄鲤，是你呀，我在这里待了大半生，不想走，也走不动了！

我就是在这时发现花头的眼睛失明的。我问它怎么回事，它说前几天吃了游人丢弃的一堆食物，眼睛突然就变成这样了。

我为花头唏嘘不已。我决定留下来，留下来照顾花头。我改变了花头，我没有理由抛弃花头。

水位持续下降。可供我和花头栖息的水域逐渐缩小。当荷花淀仅剩下一间房子大小的水面时，我和花头被一个渔民捕捞了上来。

我是观赏鱼

我和花头成了观赏鱼。荷花淀干涸了，人们筑土为岛，建起了鸳鸯岛旅游区。鸳鸯岛主将我和花头买来放进了观鱼港，和先后放进来的大大小小各种各样的鱼们一起成了观赏鱼。

在别的鱼看来,成为观赏鱼是件很开心的事情。但我不,花头也不。于是人们看到一尾金鳞闪烁的黄鲤寂寞地游荡在喧闹的背后,看到一条硕大的白鲢王孤独强硬地仰躺在水面。有鱼食投下了。又有鱼食投下了。我没动。花头也没动。我听见了一个儿童尖细的嗓音在嚷:

看,爸爸,那条黄鲤怎么不吃我给它的食物呢?

它是条傻鱼。一个男人回答。

还有这条大鱼,它不吃,也不动。

它是条死鱼。男人又答。

傻鱼?死鱼?我气愤地一下跃出水面,盯了那个男人一眼,然后又疯狂地游到花头身边,用头顶着它,嘶哑着嗓子喊,花头,你死了吗?你死了吗花头?花头仍然一动不动。它只是慢慢地吸水,吸了好长时间,突然一仰头,急促地将水喷到了那个男人的身上。游客们惊呼着往后退去,花头也幽幽地吐出了几个字,我没死,但快了。

花头是有预感的。几天后,一个外国旅游团来到了鸳鸯岛。他们看上了花头,花重金要清蒸这条白洋淀最大的鱼王。人们开始追捕花头。花头反抗着。它上下翻飞,左右摆动,撕裂了罩,撞破了网,最后它被逼到了观鱼港最狭窄的角落,一个跳跃,硕大的身躯向水泥池墙猛地撞去。血立时洇红了观鱼港,所有的观赏鱼都被血腥浸染透了……

我 是 鱼

花头死了。它没有被吃掉。鸳鸯岛主将重金退给了外国游客。岛上的员工把花头打捞上来,擦洗干净,放在了一条盛满水的机帆船上。同时放进去的还有我和其他的观赏鱼。

机帆船载着我们进入了一片浩渺的水域。这里，远处有苇，近处有荷，水面有菱。天边，还有一群鸥鸟在鸣叫飞翔。

我和观赏鱼们在船舱里被捞了上来，又被放进大淀里。一沾久违的淀水，我就又找回了往昔的黄鲤。

鱼们四散而去。我找到了同样被放进淀里的花头。我依偎着它一点儿一点儿下沉的身体，用水一样的声音轻轻地告诉它，花头，你醒醒，我们自由了……

猫 世 界

○蔡楠

猫 与 鼠

花瓣一胎生了五个孩子。看着五个孩子在胸前钻来钻去,红红的小嘴儿把奶头叼住又放下的急切样子,花瓣就觉得自己该补充一些营养了。

于是,花瓣决定去逮几只老鼠来。

花瓣是一只猫。可是作为猫的花瓣却差不多忘记了逮鼠的营生。从乡下被主人带进城后,住的是高楼大厦,吃的是山珍海味,喝的是玉液琼浆。哪里用得着去辛苦地逮鼠?晚上主人累了,就把她抱在怀里,用手一遍一遍抚摸她花瓣一样光滑斑斓的皮毛,然后拥她进入梦乡。如果不是那只流浪猫黑太岁的上门勾引,如果不是斑点狗的无耻告密,如果不是她变得大腹便便臃肿不堪,主人怎么会赶她走呢?如今黑太岁不知又流浪到哪里去了,只留下她在城郊的涵洞里,独自承担着今后的一切。往昔光彩照人的花瓣开始片片凋零。

凋零的花瓣来到了一座烂尾楼里。她听到了老鼠吱吱的叫声。花瓣一下子精神抖擞起来。她锐利的眼睛发现了正在破饭盒旁争抢食物的三只老鼠。那是三只刚长全毛的幼鼠。花瓣的胃里就长出了

一把钩子，从毛茸茸的嘴里伸出来，飞快地伸到了幼鼠们跟前，三下两下就把两只幼鼠钩到了胃里。等钩子再伸出来去钩第三只鼠时，花瓣却停止了动作。她看到那只幼鼠呆在那里，两眼茫然地望着她。花瓣就收了钩子，伸出母性的舌头去舔舐幼鼠脸上的污物。幼鼠闻到了兄弟们的血腥，闻到了死亡的气息。他一激灵，这才想到了逃亡。花瓣就追。追到了一块楼板的下面。幼鼠不跑了，他伏到一只大鼠的身下，瑟瑟发抖，尾巴也紧紧收缩起来。

花瓣上前，一口就咬住了大鼠，却发现是一只死鼠。鼠头被砸瘪，血迹还没有干涸。花瓣松口，将大鼠翻过来，就带起了大鼠身下的幼鼠。那只幼鼠的小嘴正叼着大鼠干瘪的奶头。花瓣就想到了自己的五个孩子。她吃掉了大鼠。然后把那只幼鼠带回了涵洞。

花瓣把圆鼓鼓的奶子献给了孩子们，也献给了那只幼鼠。花瓣对孩子们说，从今以后，我就是小六的娘，你们就是小六的兄弟。

幼鼠小六在兄弟姐妹的包围里，也变成了一只小花瓣。

猫 与 狗

斑点听说花瓣收养了一只老鼠，就跑出来看她。斑点来到涵洞的时候，花瓣正带着孩子们翻跟头。整个涵洞里弥漫着猫与鼠欢快的叫声。

斑点就汪汪了两声说，花瓣花瓣，请你出来。

花瓣就跳出涵洞，跳到斑点的背上，前爪挠了斑点一下子，你这奸细不守着主人，来我这儿干什么？

斑点趴在地上，眼睛湿湿地说，主人又有了新欢，一只西施犬，一只京巴狗。我已经"狗老珠黄"，连从饭店带回来的狗食也吃不上了。

花瓣喵呜一声说，活该！

斑点望着涵洞点点头,看你多好,自由了,健壮了,孩子也大了。我也要离开那没良心的主人了。我要过一种自食其力的生活。宠物也不能总希望被人宠着。

还没等花瓣搭话,斑点又说,临走之前,有件事求你。我也快生了,但不知哪只狗做的孽。你能不能替我带带孩子,就当你自己的孩子养着?

花瓣低下头去,看了看斑点硕大的肚子,细眯了眼叹口气,最后还是答应了。

几天以后,涵洞里又多了四只肉乎乎的斑点狗。

猫 与 猫

黑太岁来向花瓣要孩子。黑太岁说,花瓣,我去过你家多次,都没有见到你。是斑点告诉我你在这里的,我就带着蓝丝来看你。

黑太岁这样说着,把他身后的一只俄罗斯猫拉到了花瓣跟前。花瓣斜眼瞅瞅这个蓝眼睛蓝身子的蓝丝,想立即冲上去挠烂她的眼睛,可还是忍住了。

蓝丝把一条围巾围到了花瓣的脖子上。黑太岁说,这是蓝丝从国外给你带来的。蓝丝说要和你做好朋友的,我们也曾经是好朋友对不对?我们不应互相仇恨对不对?

花瓣把猫、鼠、狗们都叫到了涵洞外面。她坐直身子,两只前爪颤抖着,孩子们,这就是我和你们说过的黑太岁!黑太岁,你这回有时间和我讲大道理了?我被主人暴打赶出来的时候你在哪里挥霍堕落?我在涵洞里难产的时候你在哪里寻欢作乐?我忍饥挨饿拉扯孩子的时候你又在哪里潇洒享受?你这没良心的畜——生!花瓣的眼里冒出了火,花瓣的胃里又长出了钩子。花瓣把钩子伸出体外,狠命

地钩住了黑太岁的脖子。

蓝丝惊叫一声,就要往前冲,被黑太岁拦住了。黑太岁说,我是畜生,但不是没良心。花瓣,我喜欢流浪,也喜欢过你。我为你挨过斑点的咬,为你挨过你家主人的打。那一次我去找你,还没到卧室,就被发现了。狗咬人打,我的下体遭到重创。我被扔到垃圾池旁。是蓝丝在大清早发现了我。是蓝丝的主人救了我。我也有了主人。我不再流浪。我们的主人才是一个好主人。他从不把我们当畜生看待,他照顾我们,理解我们,包括我们的爱……情。我在主人家和蓝丝过着美满幸福的生活。但遗憾的是我已经失去了生育能力。我想要自己的孩子,所以才来找你。花瓣,让我带走孩子吧,我会给他们一个好环境的。你还有鼠儿子和狗儿子。你不会寂寞的!你要是想一起去,也行,鼠和狗就……就扔了吧!

花瓣把黑太岁的脖子钩出了血。她又钩下一块肉来。她把肉囫囵着咽了下去。然后发出了泣血的呐喊:想带走孩子,休想!想让我扔了鼠和狗,没门。他们都是我的孩子。我们就是做了孤魂野鬼,也不会跟你走!你们给我滚——

鼠、狗、猫们一齐嚷道,滚——

你看你看这蜂鸟

○戴希

我们谈笑风生,穿行在亚马孙河的热带雨林。

一只色彩鲜艳、美丽可爱的蜂鸟,热情地当起我们的向导。

它在我们眼前扑棱着翅膀,嘎嘎嘎地欢叫,飞得平稳、轻快。

如果离得不远,蜂鸟会悬停在空中,等我们赶上;一旦离得远了,它就倒飞过来,迎接我们。当地人称蜂鸟为神鸟,因为它是这世上唯一能倒飞的鸟儿,也只有它,能长时间地扑棱着翅膀,悬停于空中。

蜂鸟还一忽儿向左飞,一忽儿向右飞,怎么顺当就怎么带我们行进。

它飞行时拍打翅膀发出的嗡嗡声,几乎和蜜蜂飞行时发出的声音一模一样。

可爱的小天使,它要带我们去干啥呢?

答案很肯定:找树上悬挂的野蜂巢呗!因为它最喜欢吃,自己又摘不了。

亚马孙河热带雨林中的野蜂巢,不仅甜得不得了,而且营养价值极高。既能增强人体免疫力,据说抗癌效果也相当不错。

当地人一样喜食野蜂巢。他们与蜂鸟有着十分亲密的伙伴关系。

果不其然,蜂鸟很快带我们找到了那宝贝!它就悬挂在一棵大

树枝上,真不小哩,几乎要流蜜一般。

蜂鸟嘎嘎嘎地叫着,绕树环飞三圈,然后悬停空中,等我们采摘蜂巢。

我们在大树下左顾右盼,觉得爬树采摘很危险。一旦野蜂赶回,成群结队攻击我们,后果不堪设想。所以最后,我们眼疾手快,用长竹竿直接将野蜂巢戳下。

蜂鸟又嘎嘎嘎地在我们头顶的上空盘旋,眼巴巴地等我们分出一小块,放在地上,让它享用。

如果丁点不给它留,它真会记恨并报复我们? 我们不信当地人的忠告,故意把整块蜂巢都带走,以此试探蜂鸟的反应。

还好! 蜂鸟丝毫没有争夺蜂巢之意。

它在空中悬停片刻,眼珠骨碌碌一转,又嘎嘎嘎地叫着,继续向前疾飞,为我们当向导。

而且仍像先前一样,一会儿向左飞,一会儿向右飞,一会儿倒飞,一会儿悬停空中,很平稳很轻快,总让我们能跟得上。

我们因此天真地认为:它不仅不会闹情绪,还会继续带我们去找野蜂巢。

哪里像他们描述的那样! 我们庆幸。

殊不知很快,蜂鸟就把我们带进另一片林区,嘎嘎嘎地叫唤几声,便如离弦之箭,疾飞而去。转眼,无影无踪。

咳! 不带我们去找野蜂巢了? 或者,不给我们当向导啦? 这,就是蜂鸟对我们的报复? 有人笑问。

可笑声未落,我们就听到了狮子的吼叫,而且隐隐约约看到了一大群狮子!

天! 我们个个面如土色、魂飞魄散。

记不起最后是怎么逃出来的。那一块野蜂巢,也不知丢到了

哪里。

　　汗淋淋地跑出亚马孙河那片热带雨林，正后悔没听当地人的忠告时，蜂鸟忽又出现在我们头顶的上空，扑棱着翅膀，嘎嘎嘎地欢叫……

鹞鹰之死

○戴希

那时,鹞鹰几乎人见人爱。它像鹰但比鹰小,长着鹰的尖喙却没有鹰凶猛。只要训练有素,它会用自己的尖喙给主人梳头、挠痒痒。盛夏酷热的夜晚,它还会伫立主人的床头,轻轻扇动翅膀为主人送凉驱蚊。如果主人的偏头疼犯了,它甚至会用尖喙和爪子轻轻按摩主人的头部穴位,据说很有奇效。当然,大唐时流行的胡旋舞,鹞鹰也跳得很美……

唐太宗李世民也爱鹞鹰。

贞观四年的一天,鲜花盛开,风和日丽,有人给唐太宗送来一只鹞鹰。这只鹞鹰形态俊美、毛色漂亮。

唐太宗甚喜,就在内宫赏玩。他把鹞鹰放于肩头,向前平伸出左臂,让鹞鹰在自己的肩头和手臂上翩翩起舞。

"咱大唐啊,一年判死刑者仅二十来人,百姓安居乐业,到处道不拾遗、夜不闭户。四海一统,天下和谐,寰宇来朝。这种盛世景观,何朝何代有过?"唐太宗一边欣赏鹞鹰舞之蹈之,一边扬扬自得,"嘘,嘘,嘘"地吹起口哨。

正在兴头上,忽闻谏臣魏征已到门前,有事奏请。

俨然顽童要见严师,唐太宗龙颜惶惧,四顾无处可藏,便将鹞鹰

隐蔽于怀,然后正襟危坐,清清嗓子,准备接受魏征奏报。

这一切,魏征看得分明,却佯装不知。

"臣闻求木之长者,必固其根本;欲流之远者,必浚其泉源;思国之安者,必积其德义……"魏征大讲特讲治国安邦之道,还列举尧舜、秦二世、梁武帝、隋炀帝等正面反面例子详加说明,用心阐述一些皇帝因贪图安逸享乐、沉醉声色犬马,最终导致丧国灭身……

奏请之时,还不动声色地偷窥唐太宗怀中的动静。

魏征滔滔不绝,唐太宗心急如焚。怀中鹬鹰的气息已越来越弱,唐太宗欲暗示魏征下次再奏,想想,又觉不妥。因为向来敬重魏征,只好耐心听他进谏。

结果,魏征得寸进尺,没完没了,直讲得喉咙干燥如十年未下雨的旱地,嘴角淌出的白沫沾满胡须像初冬的白霜。

"皇上玩鹬鹰,我就要力谏!"魏征暗下决心。"既然我都口吐白沫了,鹬鹰不口吐白沫才怪!"他又使劲给自己打气,继续天南地北口若悬河,直到唐太宗的怀中毫无动静。估摸那鹬鹰已一命呜呼,魏征才心满意足地退下。

魏征一走,唐太宗迫不及待地从怀中掏出鹬鹰。一看,那宝贝早已气绝身亡。心疼之余,不禁火冒三丈。

"朕一定要诛杀这个乡巴佬!"唐太宗怒吼。

正巧长孙皇后轻轻走进,便问:"谁冒犯了吾皇啊?"

"除了魏征,还能有谁? 这个乡巴佬,简直肆无忌惮!"唐太宗气不打一处来。

长孙皇后一愣:"魏征? 他又说了些什么啦?"

"乱七八糟讲上一大堆,还指责我杀兄弟于殿前,囚慈父于后宫……说什么当皇帝就是赎罪的,当知耻而后进。你看你看,我不就玩了一下鹬鹰吗,犯得上他如此大做文章?"

"哦,这个……"长孙皇后略一思虑,便默不作声地退下,换上朝服后又匆匆折回,毕恭毕敬地给唐太宗行大礼。

"观音婢,你这是……"唐太宗一头雾水。

"恭喜陛下！陛下有福、大唐大吉啦！"长孙皇后满面春风。

唐太宗皱眉:"此话怎讲?"

"臣闻君明臣直。只有皇上圣明,大臣才会正直……所谓魏征者,为政也;世民者,世世代代济世安民也……古人云,玩物丧志。魏征只是想奉劝陛下励精图治、心无旁骛呀!……"

唐太宗终于转怒为喜。

长孙皇后也窃喜。

原来是长孙皇后听说唐太宗在玩鹞鹰,便悄悄派人给魏征通风报信,再和魏征里应外合……唐太宗被蒙在鼓里。

从此,唐太宗再也没有玩过鹞鹰。

贞观之治得以延续。

魏征死后不久,长孙皇后也英年早逝。

不知从什么时候起,寂寞之余,唐太宗就拿出一面铜镜照着自己,有时眼角闪着泪花。

群臣不解,唐太宗便道:"以铜为镜,可以正衣冠;以古为镜,可以知兴替;以人为镜,可以明得失。今魏征去矣,朕痛失一镜也!"

龟兔紧紧地抱在一起

○戴希

龟兔赛跑。当兔子飞快地跑过终点,乌龟还在离起点很近的地方缓缓爬行。第一次,兔子赢了,乌龟输了。兔子扬扬得意,乌龟心情沉重。

第二次赛跑。乌龟使出浑身解数,争分夺秒向前爬行。兔子呢,不费吹灰之力就跑到了离终点很近的一棵大树下。一看乌龟离自己还差十万八千里,兔子索性背靠那棵大树呼呼入睡。一觉醒来,乌龟已神不知鬼不觉爬过了终点。这一次,乌龟赢了,兔子输了。乌龟欣喜若狂,兔子懊悔不已。

前面的故事家喻户晓,后面的故事就鲜为人知了。

兔子不服,要求再比。大赛组委会采纳了兔子的建议。

比赛开始。兔子表现得优雅大度:每跑一段都停下来等乌龟,等乌龟快赶上来了又起身再跑。乌龟爬得气喘吁吁,丝毫不敢怠慢。兔子却跑跑停停、停停跑跑,悠然自得。兔子吸取上次的教训,决不躺在半途呼呼大睡。直到跑过了终点,才在终点坐下来等乌龟。这第三次,兔子又赢了,乌龟又输了。

"还不服吗?"兔子嘲笑乌龟。"不服!"乌龟眼珠一转,"谁都知道,在陆地上跑,那是我的短处你的长处;而在水面上跑,则是你的短

处我的长处。这赛跑仅在陆地上比，那分明是只拿你的长处比我的短处。如此，公平吗？""那你想怎样？"兔子警惕起来，"你想在水面上比赛？""如果仅在水面上比赛，那又是只拿我的长处比你的短处，也不公平！"乌龟不慌不忙，"一半陆路一半水路，咱俩同时起跑。谁先从起点到达终点，谁赢！这才公平。你看呢？"兔子不语。大赛组委会觉得乌龟的建议很在理，采纳了。

比赛开始。兔子又箭一般向目的地飞跑。可跑完陆路跑到水边，兔子傻眼了：下水吗？自己不死才怪！乌龟呢，慢条斯理地爬啊爬，爬了好半天才爬到水边。一下水，乌龟马不停蹄、自由舒展地向对岸游去。乌龟游上岸到达终点时，兔子仍在半途呆着。这第四次，乌龟赢了，兔子输了。乌龟乐开了花，兔子沮丧不已。

从此，兔子恨死了乌龟，遇见乌龟就绕道而行或者怒目而视。

乌龟忐忑不安，要求再赛一次。"这样比，我怎么跑也赢不了。大坏蛋啊大坏蛋，你是存心想让我难堪，要把我气倒！"兔子咬牙切齿，连连摇头。乌龟赶紧和善地笑笑，友好地把兔子拉到身旁，悄悄地对兔子耳语了一阵。兔子心里一亮，点头。大赛组委会也同意了乌龟的请求。

比赛开始。只见乌龟大摇大摆地爬到了兔子的背上，兔子驮起乌龟就向目的地跑去。跑完陆路跑到水边，乌龟从兔子的背上爬下。然后，兔子大模大样地跳到乌龟的背上，乌龟再下水，驮起兔子又向终点游动。最后，乌龟硬是把兔子驮上了岸，它们同时到达了目的地。大赛组委会看痴了。这第五次，只好裁定兔子和乌龟：双赢！

兔子和乌龟都笑了，它们紧紧地抱在了一起……

神　方

○郑武文

　　康熙年间,广生堂成为阳州最大的中草药铺,掌柜孙成仁却是一个厚利薄义之人,暗地里以次充好,以假充真,搞得人人背后吐唾沫星子,却又对他无可奈何。

　　孙成仁财大气粗,又和官府打得火热,是阳州城里跺一脚狗窝也要颤三颤的人物。只可惜人丁不旺,膝下只有一女小莲,长得倒是貌美如花,老两口视为掌上明珠。小莲倒是心地善良,不时给那些受苦之人施财施物,也不像她爹那样薄廉寡耻。可惜好人没有好报,小莲竟然得了一种怪病:食欲倒是正常,人却日渐消瘦,而且常常腹痛难忍。只不过几个月的工夫,一个如花似玉的大姑娘就被折磨得形容枯槁。

　　孙成仁守着满药铺的好药却治不了宝贝姑娘的病,每天寝食难安;孙夫人更是整日哭哭啼啼,急得满头的头发都白了。两人带着小莲遍访名医,却无人能治这种怪病。

　　万般无奈,孙成仁贴出告示:如果有人能治好小莲的病,年轻的愿招为女婿,年龄大的情愿将药铺的一半赠送。

　　焦急等待中,管家孙福领进一人,自言能治好小莲的病。孙成仁看来人相貌堂堂,一表人才,急忙离座问道:"先生高姓大名啊?师承

何人啊?"

来人答道:"小生姓李名茂成,所学医术皆为祖传……"

孙夫人急忙引领李茂成来到小莲闺房门外,先进去招呼小莲做好准备,也顾不得禁忌,就领李茂成走了进来。看到小莲的模样,李茂成也吓了一跳:那小莲虚脱得已经没了人形,倒是三分像人,七分像鬼了。李茂成望、闻、问、切……走出来,对孙成仁说:"小姐的病不轻啊,需要下重药,不知孙掌柜是否舍得?"孙成仁说:"都到这种程度了,还有什么不舍得? 药铺里药多得很,你随便用就是。"

李茂成开出方子,孙成仁一看也倒抽一口冷气:板蓝根五百斤,金银花六百斤,石膏粉一千斤……急忙说:"这些东西怕是我们广生堂的全部存货了,就是做成药,我们小莲多少年才能喝得完?"李茂成说:"做成药就少了。只取其精华部分,也就是两个疗程,每天几个药丸而已。"孙成仁吩咐伙计:"那就快搬出来,让李先生做药丸吧。"

药搬出来了,李茂成却说:"此方需要秘制,恕我不能在广生堂制药,需要搬到我住的悦来客栈,我和伙计们慢慢研制。"孙成仁说:"不是我信不过李先生,这几种药虽然粗糙,但现在价格很高……"李茂成说:"这个你放心,我先让伙计们拉回去,我就留在广生堂做些药引子。我这个大活人做人质,你还不放心吗?"

孙成仁病急乱投医,也不好再说什么,眼看着装了好几马车拉着走了。李茂成则留下来,配了几味药。孙成仁做了几样好菜,两人吃了,一夜无话。

第二天一早,孙成仁早早起来,安排了早饭,就催着李茂成去悦来客栈配药丸。

来到客栈一看,哪里还有李茂成的伙计? 问客栈老板,老板说昨晚伙计直接拿上东西赶着马车走了……

孙成仁一下子就急了,上来就要跟李茂成拼命。李茂成却微微

一笑:"这都是跟你学的啊。当年你不是给一个老乞丐穿上新衣服做抵押,骗了人家一大批草药吗?"

孙成仁恼羞成怒,扭送着李茂成就去了县衙。县太爷升堂,听孙成仁讲完事情的经过,一拍惊堂木,大喝一声:"来人啊,先将刁民李茂成重打五十大板,然后收监……"

李茂成微微一笑,说道:"且慢!孙掌柜只讲我骗他的草药,并没讲我给他女儿医病一事。孙掌柜女儿生病之事,县太爷大概也听说过吧?昨日我给她医治,发现孙掌柜女儿小莲并没有病……"

孙成仁怒喝道:"你胡说!没病怎会卧床不起,腹痛难忍?"

李茂成一指他喝道:"小姐的病,只因你多做恶事、为富不仁,尤其可恶的是百里外的尚州发生瘟疫,百姓内生肝火,外长恶疮,死者无数,而医治瘟疫的'去瘟解毒散'的主要配料就是板蓝根、金银花、石膏等,可你孙成仁囤货居奇,哄抬物价,大发不义之财,因而引起天怒,遭了天谴,结果报应在了小姐身上。现在药材已经拉去尚州。若救活了灾民,小姐无需药物,不日即可痊愈。"

孙成仁鼻子都气歪了,说:"简直是一派胡言,纯属狡辩!你把我等看成三岁小儿不成?"

李茂成说:"在这大堂之上,县太爷做证。小姐的病无需药物,只需河泥一堆,两个疗程必将病除。到时如果不好,还请县太爷一块治罪!"

县太爷自己都乐了:"敢情你是济公活佛下凡不成,用身上的泥灰就能治病?我倒要看看你能不能治好小姐的病,如果治不好,必将重治于你!"

孙成仁说:"大老爷且慢。我倒要问问,这两个疗程是多长时间啊?是一月还是一年,甚或十年八年?岂不让你巧舌如簧,到时看守不严乘机逃脱?"

县太爷也说:"是啊,你定下个日子,需要多少天?"

李茂成说:"多则二十天,少则半月,小姐必能痊愈,如若不好,再请大老爷治罪!不过还需要一点药引子,就是圆铃枣五斤……"

孙成仁说:"这个好办……"

回到广生堂,李茂成让人挖来两堆河泥晒干,把圆铃枣煮熟去核碾成泥,和着河泥做成丸子,每日数次给小姐服用……

几天之后,小莲小姐面色开始红润。不到半月,小莲已经腹部不疼,饮食如初。二十天后,一个袅袅娜娜的漂亮小姐已经恢复如初了。

孙成仁也不得不信天谴之说了,从此小心翼翼,不敢再做坏事,诚信经营,怜弱扶贫,一跃成了一个孙善人。李茂成跟小莲日久生情,又有前约,孙成仁顺水推舟,成全了他们,成了一家人。洞房夜,小莲偎依在李茂成的怀里,突然想起医治之事,忍不住问:"我生病真是我爹做了坏事,报应到我身上吗?"

李茂成多饮了几杯,忍不住哈哈大笑:"爱妻所得之病,皆是因为饮用了广生堂前面树林子里的生泉水。泉水中有蚂蟥的卵,卵在体内适宜温度下变成了成虫,吸附在肠胃壁上,吸食你的血液,使你腹痛、消瘦,一般的药物很难将它们打下来。可蚂蟥喜欢淤泥,又爱甜食,见到带有甜味的淤泥,纷纷钻进去美餐,而淤泥又不能消化,于是蚂蟥便被排出了体外,你自然也就好了……"

求　画

○郑武文

　　闲暇之时，县令喜欢执一柄轻罗小扇，着布衣软鞋在潍河边漫步。

　　因公务颇多，等忙完大都已是黄昏，家家炊烟袅袅，处处倦鸟归林。

　　一日，县令想到独在北方为官，妻儿却远在江南，便吟出几句诗：

　　相思不尽又相思，潍水春光处处迟。

　　隔岸桃花三十里，鸳鸯庙接柳郎祠。

　　不禁多走出了几里，肚子开始不争气，兀自咕噜噜地乱叫。此时恰好一股诱人的鱼香传来，县令的脚就不听自己使唤了。

　　泥坯小房没有院墙，一位清秀的老者正在院子里煮鱼。看到县令进来，老者呵呵一笑，并不多言，如同是邻居串门，只是拿了一个小凳请县令坐下。老者三缕长须，面皮白净，并不像农人，倒似读书之人。相比之下，倒是县令面皮黑瘦，几根乱哄哄的胡子让他更像风雨中谋生的样子。

　　二人坐下，略微寒暄几句，老者并不问县令从何而来，只是拿出粗瓷大碗，从锅里舀上一碗鱼肉，再倒上半碗自酿的老酒。似心有灵犀，两人一碰酒碗，哈哈大笑。

　　夜色渐深，蟋蟀、青蛙不停鸣奏，却是月朗星稀，正是阴历的十

五,县令得知老者确是读书之人,姓王,是一名落魄秀才,卖点字画为生,兼到前面的潍河里打些鱼虾,自己食用。虽清苦,却清闲自在。

县令怕老者惶恐,并不透露自己的身份,只道江南之人来此做点儿生意,以求温饱。看看天色已晚,县令方才起身告辞。

隔几日再来,县令自备了一些酒肉,把酒言欢,谈古论今,讲一些当地趣事。二人颇有相见恨晚之感。

县令有次来访,发现王秀才正在作画。县令在旁边观望,微微摇头,却不说话。过几天再去,问老者:"王兄的画卖得可好?"王秀才苦笑一声,指指身后的画轴:"生意颇苦,难抵米炊。"县令说:"不怕得罪老兄。老兄的画,匠气颇重而力道不足,还须改进。"随即拿起案上的笔,轻轻一描,顿显虬枝劲骨,力道遂出。王秀才不禁惊呼一声:"先生神笔也,可否收小生为徒?"县令扶起跪拜的王秀才,呵呵一笑:"收徒不必了,咱互相切磋,我倒可勉强指点一二。"于是教了王秀才几处地方,告知要循序渐进,就告辞了。

过了几日又来,看王秀才所画并没长进,不禁叹了一口气说:"看来王兄作画,还需要时间。在下不才,卖弄一下,给你画一幅画,你只需每日临摹,过一段时间再说。"王秀才很高兴,拿来一张大宣纸,说:"老叟眼有点儿花了,还请先生画大一点儿,看得清楚。"县令也不推辞,心说人到这般年纪尚且如此好学实属不易,于是尽力画好。

画的是一幅《墨竹图》:竹在月光下被清风刮得折向一边,却有一股宁折不弯之势。画完题词:一肩明月,两袖清风。

王秀才在旁边看呆了,待到最后,扑通一声跪到地上:"父母官大人请盖印章!"县令哈哈大笑:"缘何知道是我?"王秀才说:"当今天下,能有此气魄、画工之人,除了潍县县令郑板桥再无他人。"

县令哈哈大笑:"既然知道是我,也不枉我们相交一场,就依了老兄。"随即拿出印章盖上。

过了几日，郑板桥正在县衙处理公文，下人来报："钱府管家送来请帖，请大人到钱府赴宴。并特别交代，有宝贝要让大人看。"

这钱家钱德贵是潍县的大户，仗着家里有人在京城做官，一向不把地方官看在眼里。好在对郑板桥倒还客气，目的是求郑大人一幅字画，已经多次派人或者亲自来求。郑大人生性刚直不阿，最看不惯这些欺上瞒下、阿谀奉承之徒，因此一味推托。不过大人又生性好奇，听说有宝贝，忍不住就想去看看。

到了钱府，县里士绅豪族都已到齐，就等着郑县令来了开席。大家把县令迎进去，让到上座，钱德贵才说："钱某近日得了几件宝贝，想请各位给鉴别一下真伪。"大家随声附和："钱府哪件不是宝贝？能饱眼福，实则三生有幸……"

钱德贵先拿出几件瓷器，都是上好的唐三彩、宋瓷，让人大声惊呼。然后，钱德贵说："这些都不是最珍贵的，此有当朝名家一幅《墨竹图》，堪称力作，应为难得宝贝。只是在下尚不敢确定真伪。"随即展开。

郑板桥一看，脑袋一下子就大了，正是自己几天前给王秀才画的《墨竹图》。早有几个人围过去，大声赞叹……

钱德贵更是得意忘形，来到郑板桥面前："郑大人，老夫所得字画，是您的画，还请鉴别一下真伪啊！"

郑板桥哈哈大笑："拿来我看。"几个人小心翼翼捧过来，郑板桥拿在手里端详了一下，随即迅速扯为碎片，扔进旁边的鱼池里，怒道："赝品！纯为辱我清名！"旁边的人来不及反应，刹那间目瞪口呆。好久，才有人说："可我们鉴定，确是大人真迹啊。"郑板桥脸一绷："荒唐！我自己的作品，难道真伪还要别人来说吗？各位请继续，老夫这就去查一下此事，辱我清名事小，欺骗钱老爷罪不可恕！"

随即回头，扬长而去。

功 名

○郑武文

　　清风摇曳,蝉鸣学堂,却压不住学童稚嫩的琅琅读书之声。

　　先生轻摇小扇,眼睛半眯,脑袋随着读书的频率缓缓摇动。蒲家庄的学堂,虽处僻壤,先生却极具个性。

　　县太爷坐着小轿来到,随从人员喊一声"闲人回避",先生才轻抬眼角,拱一拱手:"父母官来了,里面请。"知县哈哈大笑:"学兄还在诲人不倦?"先生也笑:"请勿耻笑。小生虽才不及大人,但定能教出一两个学生,将来为龙为凤,令大人刮目相看。"

　　知县又笑:"但愿但愿。"遂拿起桌上小盅,兀自轻啜一口。知县与先生本是同窗,同窗之时不分伯仲。可知县一朝高中,放为命官。先生却屡试不中,只好在此教书。

　　知县又指着这些学童问:"此中可有卧龙凤雏?"先生把头一挺,指着前排两个学生,浩然道:"此名蒲留仙,此名姚明强。此二人绝非久居池中之物,他日定然飞黄腾达,功成名就……"

　　知县哈哈大笑:"好,我等着。到时定然再来给学兄祝贺。公务繁忙,就此别过。"先生也笑,拱手:"送大人。"

　　如此过了几年,方逢大考,弟子们去应童子试,那蒲留仙果然不负重望,一举夺得县、府、道三个第一,方圆百里皆震惊,传为神童。

知县闻听,也坐轿前来,亲给学兄祝贺。

先生领着弟子,昂首阔步,自觉志得意满,算是好歹也赢了知县一把。酒席之间,亲命留仙敬酒,却不见了另一个得意弟子姚明强。

酒席散后,先生亲自到姚明强家里,却发现明强正在垂泪。先生说:"童子试及第,本应高兴才对,怎么反倒流起泪来?"姚明强道:"我与那蒲留仙,诗词文章不分上下,平时先生更是多看我三分。却为何人家三个第一,我却是榜上末名?既生瑜何生亮啊!"

先生道:"此言差矣。考试本就多偶然,各人又侧重不同。偶尔落后,并不代表水平有差。况且运筹帷幄瑜不及亮,排兵布阵亮不及瑜。若无周瑜,亮借得东风又如何?而若无亮,东风来时瑜尚在酣睡,又怎能成就千古功名?"

明强慨然,点头称是。

后张献忠作乱,杀川中百姓十之六七。作乱平息时,川中大片耕地荒芜。姚明强便随家迁往川中,此后依旧苦读不舍,终于金榜题名,自知县一直做到阳州知府。其间,姚明强一直打探蒲留仙消息,无奈所遇家乡之人都摇头不知。转眼已近古稀之年,姚明强辞官回家,再无公务繁忙,心中却愈发思念故乡,于是不惧旅途劳累,亲回蒲家庄。

故乡故土,历历在目,家乡父老,却已不识故人。感慨之余,他又找到了童年好友蒲留仙。昔日才子,如今满面菜色,脸上沟沟壑壑的皱纹如同山丘,柴屋漏风,家徒四壁。

看到故人来,留仙苦笑一声,用缺了半边的茶碗端上半杯苦茶。明强握住那干柴一般的双手,忍不住流下几滴眼泪。留仙却泰然,谈吐依旧不卑不亢,颇有君子之风。

其时先生已经告老还乡,闻听如今尚健在,两人相约,去拜见先生。先生虽为耄耋老翁,却鹤发童颜,长须飘飘。见到昔日得意弟

子,竟能朗声大笑。二人皆先言自愧,辜负先生厚望,多年竟没来探望。

先生言道:"虽不来,你二人所做之事,老夫倒是都知道。现在请把你们的得意之作给我看看,可有进步。"蒲留仙先献上,厚厚一本。先生看时,明强也拿过一卷来看。明强看罢摔到案子上:"读书之人,当以社稷为重,做的文章应有益于国家。写些如此鬼怪狐仙,岂是读书人所为? 玩物丧志,不怪误了功名。"

先生又看过姚明强文章,措辞华丽,中规中矩,诗词歌赋,一股文人酸气,正是当今盛行文体。

先生看后,微闭双目,拈须沉吟,长时不语。突然猛睁双眼,言道:"功名者,功在社稷,名传四野。乡人称道,路人艳羡。可此只不过小功名啊。"

姚明强问:"那何为大功名呢?"先生道:"大功名者,功立当代,名扬后世。留仙将是大功名者。"

姚明强不屑:"后世之事,我等岂又知晓,只不过随占卜者乱说。今世功名,光宗耀祖,又庇荫子孙,能见能摸,才应为真功名。"

留仙摇头苦笑。先生亦不语,端茶送客。

三百年后,蒲家庄建了一个纪念堂。导游给大家作介绍:"这里纪念的蒲留仙,名松龄,世称聊斋先生。著有文言文短篇小说集《聊斋志异》,被称作中国短篇小说之王。郭沫若题字:写鬼写妖高人一等,刺贪刺虐入骨三分……"

有游人问:"听说他有个同窗,做过阳州知府,也颇有文采,给我们介绍一下行吗?"导游脸一红,说:"抱歉,这个我还真不知道……"

报复刘子龙

○岱原

秋云从对面工作台直接走到我的面前。她是检验员,有走动的权利。我估计她过来之前一定观察了我几分钟。不过我一直在对付那台日本全自动车床,所以我不能提供证据证明这一点。我这样猜测是因为秋云过来不是检查产品,而是找我说话。她问了我一个问题,说对待一个花心的男人是不是应该给予报复。

那时候,我上班的私企环境比较宽松,可以一边工作一边谈论与工作无关的话题。尽管我后来意识到这个宽松可能仅仅和秋云有关,比如她是女孩子,而且长得不赖,而生产组长恰好又是男的。

我尽量把机器开稳妥,日式车床的优势在于,你一旦设定一个程序,在相对漫长的时间里,它不会主动生产不良品。我说那是应该的,善有善报,恶有恶报。我一定还说了其他一些话,这里面有一部分经过了大脑,有一部分则没有。面对漂亮的女孩子我很难把话说得精密周全。我甚至忘记了有没有在适当的时候递上笑脸。

然后秋云就很严肃很气愤地说,振风厂的刘子龙真是太不像话,居然脚踏两条船。

我吃了一惊,他是你男朋友?

秋云摇了摇头,不是,他是我好朋友的男朋友。

这个愤怒有点不靠谱,似乎不适合拿来在上班时间探讨。好在我个人对这个话题并不反感。因为秋云的愤怒很真实。我想象秋云的好朋友在发现自己的男朋友脚踏两条船时该是何等的悲伤。但女孩子的悲伤只能是悲伤,在面对生活中这个常见的问题时,她们缺乏应有的对策。秋云找我聊这个,我猜测是一种倾诉的需要。她得在男人面前咬牙切齿,才能代替好友发泄来自异性方面带来的屈辱。

后来差不多一个多星期的时间,秋云只要有机会就和我探讨刘子龙。这依然是以占据上班时间为前提。因为下班以后我们就没有了相处的条件和凑在一起的理由。

我不知道振凤厂,对所谓的刘子龙也一无所知。我只能凭感觉帮助秋云分析刘子龙这种人存在的原因,并探讨他这种病态人格形成的各种诱因。我相信这个不代表主流价值观的男人总有一天会为自己的行为付出代价。

为什么是总有一天而不是现在?秋云问我,难道我们不能对这种人立即进行报复?

很明显,话题进入了另一个层面。我不太清楚秋云的真实用意。然后秋云就冲我诡异地眨眨眼睛。我们应该在适当的时候揍这小子一顿。她用了我们这个词。

我不是计划的主谋。当一个漂亮的女孩子和自己贴心地制定一个不算光明的行动时我没有选择跳出来,而是陷了进去。

只是小小地教训一下,这是秋云的意思。

我在开机器的时候,把日本车床想象成那个该死的男人。这有利于发挥。秋云给我的酬劳是请我吃饭。而我的任务就是在适当的时候给那个男人一顿教训。我可以在他背后踹他一脚,也可以在他从对面走过来的时候在他下巴上来上一拳。秋云说那个男人个头很小,绝对不是我的对手。她还让我捏起拳头,在研究了我拳头的形状

后认定它的外形和那个男人的下颌骨很合衬。咬上去能形成足够的杀伤力。秋云打断了我其他的念头。她说真正的男人应该为弱小者出头，不然就是懦弱。

最后剩下来的就是行动。

我很奇怪那天去振风厂的只有我和秋云两个。那天秋云打扮得很漂亮，和报复的氛围不合拍。我问秋云为什么她的好朋友没有来。秋云摇了摇头，说这个事情是自己替朋友出头，好像没有知会的必要。当秋云大摇大摆地走在前面的时候，我忽然觉得自己就像一个傻子。

直到今天，我依然不能确定自己有没有找到振风厂，那个晚上我们走了很长一段路，在一个有树木草地和灯火的地方坐下。对面有厂房，秋云说那就是振风厂。旁边有条路，秋云说刘子龙下夜班就会从这条路经过。在具体实施报复行动的时候我才发现自己心脏跳得厉害。我从来没有打过人，更何况还是揍一个从未谋面的人。我忍不住抓住秋云，我们真的要揍这个人吗？

刘子龙一直没有出现。直到月亮西斜，草坪上的露水洇湿了我的屁股，我才发现我们坐了很长的时间。那时的天空还有星星，远处的天地还有山影。朦胧的夜景足以让我们把话题扯开，离报复越来越远。我们谈了童年，谈了打工的生活，谈了不太遥远的未来。后来秋云站了起来，说我们回去吧。

"不等刘子龙了吗？"我有点惊愕。

"等他干吗？"秋云娇嗔地看了我一眼，然后亲昵地用一根手指顶住我的额头。

"你这个傻瓜，这个世界上根本就没有刘子龙。"

事情原来是这个样子的

○葛长海

　　建平从部队复员回来，每逢开口说话就多了一句口头禅——事情原来是这个样子的。两年的部队生活从表面上看没改变他什么，就像我们站在河边看不出今日之水和昨日之水有什么区别一样。有人揶揄他："你不是说要考军校，在部队发展，不混出个样子决不回家乡吗？"建平煞有介事地背了双手不紧不慢道："事情原来是这个样子的……"

　　刚从部队复员的建平保留了一些军旅习惯，每天早上一个人早早起来跑操；走起路来虎虎生风；最重要的是他非常注重个人卫生，成天收拾得纤尘不染，和村子里其他年轻人比起来显得卓尔不群。很快，建平定了亲，对象是村东头赵光洋老汉的老生女彩莲。

　　过完年，别人出去打工的打工，做生意的做生意，只有建平稳坐钓鱼台，生活照旧。赵老汉沉不住气，问彩莲怎么回事。彩莲说："建平说过完清明再出去。"赵老汉想想，也对，人家爹去年春天去世了，生前最后的日子，做儿子的未能尽孝，给父亲办过一周年再出去也在情理之中。清明过后一星期，建平依然没有动静。赵老汉没急，彩萍坐不住了。她私下里约会建平，质问他："怎么还不出去挣钱，想当'饿老等'呀？"建平慢吞吞道："事情原来是这个样子的。我在部队报

过自考,现在还有三门功课没过关。考试马上就要到了,我想考试过后再出去。"这次,彩萍主动跟父亲汇报了建平为什么还不出门挣钱的原因,父亲听后也没说什么。考试过后,建平倒是出去了,出门转了两天,用复员费抱回一台电脑,然后就整天憋在家中上网,连和彩萍约会也顾不上。

赵老汉闻讯大怒:"什么人?电线杆子。闺女,跟他断了!"彩萍忙找建平说明来由,建平也慌了:"事情原来是这个样子的……我这就出去。"

建平出门后,钱没挣几个,闹的笑话倒是传回家一大堆。先是建平给包工头打小工,给城里的人建两层楼的住宅。没干几天,建平便对带他出来的同村的刘大年发牢骚:"咱干的活儿,没有劳动保护怎么能行?不说支防护网了,最起码也应该给咱发手套和安全帽吧。"刘大年就学着他平日里的腔调怂恿他道:"事情原来是这个样子的,我跟着人家干的时间长了,磨不开脸,你刚来,去跟工头建议建议?"建平毫不犹豫道:"好。"

建平找到包工头说:"事情原来是这个样子的……"包工头听完建平的建议道:"好!非常好。事情原来是这个样子的。你,屎壳郎搬家——立马给我滚蛋!"

后来,经人介绍,建平到一家中型超市当保安。冬天一到,有一段时间,超市里经常丢东西,经理要求保安们提高警惕,并说谁要是抓住一个小偷,不管该小偷偷的东西价值多少,立即奖给抓住小偷的保安现金500元。建平尽职尽责,终于率先抓住一个小偷。这个小偷操外地口音,有十六七岁,他在建平铁钳一样的手掌里抖得像风中的落叶。经理闻讯赶来,连日里憋屈的郁闷之气令他须发戟张:"揍他!"建平说:"不能打,应该交派出所处理。事情原来是这个样子的……"经理转眼看着围过来的其他保安道:"给我打!奖金你们几

个人分。"其他的保安嗷一声扑上来，他们揍的是小偷，混乱之中，连建平也捎带上了。

建平鼻青脸肿回到家，村里的人见了他都抿嘴笑。赵光洋老汉冲着女儿连连叹息："青花红涩柿子——中看不中吃！不懂个人情世故。你要当真嫁给他，将来的日子可怎么过？"彩莲想想也是，但心里仍想维护准丈夫："看您说的，建平总不能眼看着人被打死吧？"赵老汉连连叹气："女生外向，女大不由爷。"

建平在家养伤，伤未痊愈，又到城里上班。这次，他是到148律师事务所上班。148律师事务所是司法局的直属单位，能在那里上班，体面不说，经济上基本也是旱涝保收。建平这小子是怎么进去的？赵老汉不解，问女儿怎么回事。

彩萍抿嘴笑着说了原因。原来，超市打人事件发生时，市报的法制记者刚好在场，他目睹事情发生的全过程，回去后以"糊涂经理糊涂打人，懂法保安依法护贼"为题作了报道。后来，为了写后续报道，又对建平进行了专访。在受访之时，建平亮出了自己自考的法律专业的大专学历证书。记者给他提供了148律师事务所招聘见习律师的信息，建议他前去应聘。

听了女儿的陈述，赵光洋老汉愣怔半天，方沉吟道：事情原来是这个样子的！

舅舅的烹调术

○蔡中锋

　　我的舅舅是一名烹调师,三十年来一直在故乡的县政府招待所工作。舅舅的烹调技术十分高超,高档菜肴自不必说,即使是最平常不过的菜蔬,一经舅舅妙手调制,便会使人终生难忘。尤其是近几年,舅舅年高技长,在县城烹调界的名气越来越响。

　　上个月我回到故乡去探亲,特意绕道县政府招待所去看望多年未见的舅舅,却正赶上县里在招待所召开城市经济工作会议。全县经济实力排名前五十名的各大企业的厂长经理和职工代表二百八十多人参加会议。舅舅要准备三十桌酒席,非常忙。他见到我很是高兴,却顾不得招待我。我便在一旁看舅舅忙活,也跟着学点技术,长长见识。三十桌酒席,工作量是很大的,但关键工序,却全是舅舅一人掌勺。舅舅做得既非常快,又十分认真。是的,这些厂长经理们整天走南闯北做生意,个个都是"美食家",为他们做菜肴是马虎不得的。何况很多顾客之所以常到招待所就餐,正是冲着舅舅的烹调技术来的,其他师傅是无法越俎代庖的。可是奇怪的是舅舅做菜并没用很高档的材料,除了鸡、鸭、鱼、肉等外,就是一些非常常见的菜蔬。甚至还有红薯叶、毛豆角、大白菜等连老百姓待客也觉得上不得席面的东西。更使我奇怪的是,舅舅令服务员将大鱼大肉等荤菜全都端

到外面大餐厅十五桌职工代表的席上,职工代表们的餐桌上没上一点素菜;而里面十五个雅间内厂长经理们的餐桌上则全部是素菜,没有一丝荤腥。

我是绝对相信舅舅对这些寻常菜蔬化腐朽为神奇的烹调技术的。这些蔬菜一经舅舅调制,色、香、味自然都会不同凡响。但同一次会议上的同一餐饭,对职工代表和厂长经理的荤素标准截然不同,我却怎么也不明白其中的奥妙。

午餐很快结束了,这三十桌菜肴再一次给舅舅带来很高的声誉。

饭后,厂长经理们赞不绝口:"绝了! 绝了! 哪里吃过如此好味道的蔬菜!"而职工代表们则边擦着油嘴边说:"过瘾! 过瘾! 真解馋哪! 能带着老婆孩子来就好了!"

上完了菜,舅舅便有了空闲,顺手做了四个小菜,我们爷俩边吃边拉呱儿。我终于忍不住将心中的疑问提了出来。

舅舅笑了笑说:"这其中的道理其实也很简单。这些厂长经理们整天吃的就是大鱼大肉,这些鱼肉对他们来说不但不稀罕,甚至见了就怕。咱县参加这次会议的五十家企业的厂长经理中,按说要数排名第 50 位的红星鞋厂的冯经理生活水平最低了吧,可是冯经理生活得究竟怎样呢? 他住的是小洋楼,坐的是桑塔纳,穿的是皮尔·卡丹,陪的是靓丽小姐,一年中有十一个月的时间以做生意的名义周游世界各地。他天上飞的、地上跑的、水里游的、山上跳的,天南海北的珍禽异兽,什么没吃够? 到了家里,又是大鱼大肉,吃不完,用不尽,有时候那几台冰箱冰柜装不了,送人又怕落影响,不得不半夜里起来拿出去扔掉。反而是我们的家乡小菜,他倒很少吃得上。别人又不送这些不值仨核桃俩枣的东西,亲自去买,又觉得有失体面,即使偷偷买来些,做出的菜自然也不见得好吃。一个不足百人的红星鞋厂的冯经理尚且如此,那些终日为减肥大伤脑筋的大企业的大厂长大

经理们就更不用说了。所以给他们做些精致的家乡小菜,对他们来说就远比做大鱼大肉强得多。"舅舅停下来喝了一口酒,夹起一个鸡翅来,又说,"而那些职工则不同。在这五十家企业中,已有二十三家的工人们八个多月没领到一分钱的工资,十七家五个月没领的,另十家的工人虽然月月可以领到工资,但人均不足百元。现在物价这么高,这点钱连自己的生活费都解决不了,更难养家糊口了,对于他们来说,吃大鱼大肉那是难得享受到的事情。你看他们个个都瘦得像猴子似的!所以为他们做菜,也同样并不需要十分高档的佳肴,这全荤一餐就会令他们回味无穷了。"

听完舅舅的这番话,我豁然开朗,也对舅舅更加佩服了。你看,舅舅之所以在全县的烹调界获得那么高的声誉,绝非只是个虚名,也不全在于他烹调技术的高超,而是在于他善于搞社会调查,精于做心理分析,能够准确地把握住顾客的全面情况,从而在烹调时可以做到因人而异,因时而化,各投所需。

几天以后,我在省报上看到了一篇通讯,题目是《会议用餐全部素食安排 廉政建设已从小事抓起》,报道的正是故乡那次召开城市经济工作会议,舅舅做的午餐。

最后一道考题

○蔡中锋

省委决定将花都市定为公开选拔县长的试点单位,首先公开选拔目前正缺职的新荷县的县长。经过层层筛选,报名参与竞争的200多名符合条件的正科级以上干部只剩下了五人。

今天是五选一,也就是他们五人的最后一道关口,由于是省里的试点,将由省委组织部的王部长亲自出题考试,中选者走马上任,落选者各回原单位。

上午8点半,五名候选者都按要求赶到了县委组织部。但他们却被通知,考试时间和地点临时作了变更,时间由8点半改为了9点,地点由县委组织部会议室改为了市委组织部会议室。凡是9点前赶不到市委组织部的人,将视为弃权。

五人接到通知,立即开着各自单位的车往市委组织部赶,因为从县里到市里,即使一分钟不耽误,也得半个小时才能赶到。

五人中,有四个人按时赶到了市委组织部,但在以前几关中成绩最好的平安镇的党委书记张为民却没有及时赶到。直到9点20分,张书记仍没有赶到,但考试也没有在9点准时开始。

四人都在耐心地等待,也都在暗自庆幸,一个最大的竞争对手没有及时赶到,就意味着他已经弃权,四人都感到自己入选的机会大大

增加。

9点半，市委组织部的胡部长接了一个电话，接完后，他宣布："今天的考试已经结束，你们四人已经落选。新任的新荷县县长将是平安镇的张为民书记。如果你们没有其他的事，就可以回去了。"

四人非常不解，考试还没有开始，省委组织部的王部长还没有露面，而张为民也没有来参加考试，他怎么会成为唯一的入选者？所以他们四人没有一个人回去，都在等待着组织部的人给一个合理的解释。

胡部长见大家有疑问，就说："一会儿省委组织部的王部长就会赶过来，如果大家有什么问题，可以当面问他。"

又过了十多分钟，王部长、张为民一起走进了市委组织部会议室。

四人见状，更是不解，但事关自己升迁的大事，都忍不住纷纷提出了自己的疑问。

王部长说："其实今天的考试从8点半就已经开始了，我出的题目就是考察你们如果当了县长，是否会将群众的利益放在首位。当你们开车往市里赶的时候，我也一直开车跟在你们后边。

"在你们来市里的必经之路上，你们都遇到了一位衣着破旧、白发苍苍、满脸是血的老婆婆趴在路边向你们呼救，但你们四人却都急着往市里赶，对这位'受重伤'的老人视而不见，只有张为民停下了车，上前察看了老人的伤情。见老人伤情危急，张为民二话没说，就将老人抱上了他的小轿车往市里的一家大医院赶……

"当然，你们路上遇到的那位受伤和呼救的老人是我找了一位演员扮演的。我之所以宣布张为民最终当选，就是因为在你们五人中，只有他宁可耽误这么重要的考试，也要尽心尽力地去抢救这位和自己素不相识的普通的老百姓。

"试想：一个不顾百姓死活，一心只想着自己的人，能配当一个县

的县长吗?!"

　　王部长的话音一落地,市、县在场的领导都热烈地鼓掌。

　　四个落选人却都陷入了深思。

我 的 马

○蔡中锋

二十年来,我和瑞恩一直从事着同一种工作。

每天早晨 6 点钟的时候,我先骑着瑞恩来到日报社,见到报社分发报纸的玛俐开个玩笑:"亲爱的玛俐,你又比昨天漂亮多了,今天就嫁给我吧!"玛俐就会笑笑说:"这辈子你就别想了,等下辈子吧,下辈子我一定嫁给你!"然后她就会将二百二十份日报放进我的马鞍后面的两个报袋里。

到了 8 点钟的时候,我和瑞恩就会赶到布鲁克维镇,这个小镇上共有二百二十位居民订阅了日报,我负责将报纸送到他们家里去。虽然这二百二十位订户住得非常分散,路况也十分复杂,但是在每天的午饭前,我总是可以准时地将当天的报纸全部送到每个订户的家中。

时间长了,我和这个镇上所有的订户都熟悉了,如果他们有事不在家,一般都会跟我提前打个招呼,让我第二天不用送报了,两天或几天的一块送。

有一天,我来到了第十九位订户玛蒂尔德家,像往常一下大声地喊叫:"亲爱的玛蒂尔德小姐,你的报纸来了!"但过了很久,七十岁的玛蒂尔德的家里却没有任何动静,到了送完报回家的时候,我再次来

到她家,仍然没有人应答,我感觉不对,就报了警。待警察赶到她的家里,发现她已经昏迷了一天多了。

还有一次,我发现老莱特的报箱已经塞不进报纸了,显然他得有三四天没有开过报箱了,我就找来了人到他家里去看看,结果发现老莱特已经卧病在床好几天了。

这个时代发展得真快,五年前,报社为了提高送报的效率,给每位投递员都配备了一辆送报专用摩托车,燃油维修等费用全部由报社出。但是我坚决不骑摩托车,仍然坚持天天骑着瑞恩送报,并保证在每天的午饭前一定按时将所有的报纸都送到订户的手中。结果,我后来成了全县乃至全市唯一骑马送报的人。

慢慢地,我老了,瑞恩也老了。

有一天,报社总编亲自找到我:"对不起,马尔克斯。我们现在要求在每天的10点钟前都要将当天的报纸送到各位订户手中,你已经无法办到,而你又坚持不骑摩托,所以,你被解聘了!"

我听了,非常伤心:"没有了工作,我和瑞恩都会被饿死的!"

总编说:"送报纸时效性强,所以,你才不适应。你们不送报纸,还可以干点别的事嘛!"

我说:"我虽然睁着眼睛,看起来和正常人没有什么区别,但是却已经双目失明十年了,这十年,全凭瑞恩能认路,我才能准时地将这二百二十户的报纸送到订户家中。如果我和瑞恩不干这工作,我们还能干些什么呢?"

总编听了,很是吃惊:"噢,是这样啊!那我们再商议一下你工作的事吧!"

到了晚上,总编通知我,我又可以继续我的工作了。

第二天早6点,我刚进报社的大门,就听玛俐带领着大家一齐向我和瑞恩打招呼:"马尔克斯,早上好!瑞恩,早上好!"

我感到很奇怪,忙问:"玛俐,今天,你们这是怎么了?"

玛俐激动地说:"你和瑞恩的事迹上了今天日报的头版头条了!您们真了不起!"

不久,玛俐就嫁给了我,然后又辞去了分发报纸的工作,天天骑着摩托带上我一起去送报纸。因为,瑞恩真的太老了,已经无法按时将报纸送到各位订户的家中了。

老 渡 船

○巴图尔

塔里木河大桥桥址已经选好了，就在离老渡口不远的河堤上。从勘测桥址到开工建设，杨大奎都看在眼里。说真的，他的心里总有那么一点失落和不好受。有人开玩笑地对他说：老杨，大桥一修起来，你就失业了。杨大奎总是冷冷地说：早该修了，修好了，你们再出门也就方便多了，再也不用看我这张老是吊着的驴脸了。

大家都笑他说话不拐弯。

杨大奎说：我这张脸就这样儿，不会笑，笑起来比哭还难看，所以我从不敢笑，笑了怕把你们吓得掉到河里。

渡河的人说：老杨，不撑渡船了，你准备干啥呀？

杨大奎想了一会儿说：没想好，也不想想那些事儿，等塔里木大桥修好了再说吧。

没事的时候，杨大奎就跑到塔里木大桥施工工地，看着建筑工人们绑扎钢筋，看着桥墩子一个个浇筑起来。在建的塔里木大桥越来越有桥的模样了，杨大奎心里也越来越亮堂了。他又望着在建的大桥发呆了。鲁秀妮觉得杨大奎自从开始建大桥，就有一点不对劲儿，总是望着在建的大桥发呆。看到杨大奎又坐在那里发呆，就说：又发呆呢？

杨大奎回过神来,看了一眼鲁秀妮,就去收拾他的老渡船去了。老渡船虽然感觉很沧桑了,但是杨大奎还是把它收拾得很整洁。他知道安全很重要,别人的生命财产,一上到老渡船就交给了他。这可不是开玩笑的事儿。修修补补,虽说解决不了大问题,但总归不会出什么大事儿。鲁秀妮看杨大奎提着工具又走了,她知道他去干什么。自己小声嘟囔着:桥眼看就修好了,还去修那条破渡船干吗?

老渡船确实很破了,他早就和连长说过了,再不换新渡船恐怕要出问题,出了问题就不是小事儿。连长说:老杨啊,大桥马上就修好了,你闲着没事儿的时候修修补补,将就个一年半载的,桥修好了,谁还坐渡船呀?

杨大奎心想:也是,桥修好了,谁还去坐渡船? 能修就修,坚持大桥修好了,这条破渡船也就完成了它的历史使命。

塔里木河大桥修好了,在噼里啪啦的鞭炮声中通车了。通车那天,大桥上非常热闹,也来了很多领导和围观的人。塔里木河两岸农牧团场来了很多人,他们都想第一个走过新修的大桥。住南岸的人,内心比北岸的更激动,他们终于不再为出门而发愁了,也不用再看杨大奎那张老没笑脸的驴脸了。

杨大奎也去看热闹。很多认识的人都跑过来和杨大奎打招呼:老杨,你也来看热闹呀? 杨大奎只是点头并不答话。有人说:老杨,大桥通车了,以后你干啥呀?

杨大奎笑了笑,说:干啥都行,最好让我给你们当连长。

大家都笑老杨会开玩笑了。

杨大奎一本正经地说:连长算啥? 咱要干就干团长,不然咱就当一个兵娃子。

杨大奎乐呵呵地回来,对鲁秀妮说:今天太热闹了,像过节。停顿了一下:不,像过年,比过年还热闹。

鲁秀妮望着杨大奎问:什么时候回家?

杨大奎不吭气,蹲在地上只管抽他的莫合烟。吱啦吱啦的声响很刺耳,那感觉就好像没听到鲁秀妮的话。鲁秀妮瞪了一眼杨大奎,没好气地说:我在和你说话听到了没有?杨大奎不紧不慢地吐出一口烟雾说:这不是家吗?

鲁秀妮一扭身就回屋去了,拿着他的脏衣服就走了。杨大奎望着老伴儿渐渐远去的身影,只是猛抽了一口莫合烟,继续蹲在那里,视线随着身影远去。老伴儿早就不把这儿当家了,他心里比谁都清楚。自从大丫头上学开始,团里就给他们家在团部分了一套房子,老伴儿就和孩子在那个家生活,老伴儿隔三岔五来一趟,给他收拾收拾房子做顿饭,再把脏衣服拿回去洗了,再来时带来。孩子们放寒暑假才过来住上一阵子。

杨大奎把烟头往地上一撂,再踩上一脚就走到渡船旁。他回头看了一眼身后,并无往日那般情景,身后跟着要渡河的人。再望一眼不远处的塔里木河大桥,几个身影在大桥上缓缓地向南或向北移动着。杨大奎知道如果没有大桥,这些人现在一定都跟在他身后。他无意识地叹了一口气,走进屋里提过一把斧子,高高地举过头顶。这条老渡船已经结束了它的历史使命了,塔里木河大桥修好了,以后没人坐老渡船过河了。杨大奎心想,要结束就彻底地结束,不然放在这里风吹雨淋的,还不如劈了拉回家烧火。

就在杨大奎使劲儿向下挥斧子的时候,他好像听到破渡船发出一声声响。他慢慢地放下斧子,眼睛死盯着老渡船,可是并没有看到什么异常。再次举起斧子,那声响再次响起。举起几次斧子,他都听到了同样的声音。他走到一个小土坎前蹲下。望着静静的老渡船,他突然觉得自己很陌生,为什么要劈了老渡船,他和老渡船相伴快二十多年了,虽说老渡船如今已残破不堪,可是在老渡船上有他太多的

记忆了,好像他这二十年的生活,都和这条老渡船有关。

现在他明白了,那种声响是从他的体内发出的,忽然他感觉到自己的鼻子发酸,两行泪水也像蚯蚓一样,在他的脸颊上蠕动。杨大奎没有抹去眼泪,而是迎着塔里木河上的野风伫立着,让泪水尽情地流淌。直到夜幕降临,杨大奎才感觉泪已经流干,他掂起手里的斧子,看了看,抬手使劲一挥,斧子就进了塔里木河。

第二天,天刚蒙蒙亮,杨大奎就起了床,从屋里搬出一大堆修老渡船的工具,又开始认真地修补着老渡船。

牧 羊

○巴图尔

　　该是牧归的时候了,太阳已经沉向山的那一边了。西山的天空被染红了,橘红的天空很美丽,就像是梦境一般让小海拉提着迷。小海拉提说不上为什么,他就是喜欢云霞满天的傍晚。小伙伴们远远地招呼他:"海拉提,天快黑了,回家吧。"小海拉提总是说:"我的羊还没吃饱,你们先走吧。"其实,不是他的羊没吃饱,他的羊已经卧在地上开始休息了,是他舍不得这片燃烧的天空。

　　小海拉提不止一次在心里勾画着一幅图画,就像现在的景色一样,上面是橘红的天空,下面是碧绿无垠的草场和洁白的羊群,羊群旁边还有一个手持牧羊鞭的少年。他知道那持鞭的少年就是他自己,那一定好看极了。可是,他没画纸和画笔,更不敢和父亲提起,他怕父亲鼓起眼睛的凶光,怕父亲八字胡向上一翘一翘的,怕父亲举起一双大手,问他是不是疯子。

　　小海拉提就喜欢这样勾画着。后来,他的这幅图画中又多了一个翩翩起舞的少女。少女的容貌一会儿是菇仙古丽,一会儿是阿依古丽。最后,海拉提把画面定格在那里,再也没改过,只有翩翩起舞的少女,面容很陌生,既不是菇仙古丽,也不是阿依古丽,海拉提知道她是邻村的阿娜尔汗。因为,阿娜尔汗真的有一条粉红的裙子,阿娜

尔汗头上梳了很多小辫子,海拉提喜欢阿娜尔汗甜甜的歌声,喜欢和阿娜尔汗一起放羊,一起望着天空幻想。

十年后,海拉提长大了,他有钱了,可以自己买画笔画纸颜料了。海拉提就约阿娜尔汗一起去。阿娜尔汗羞涩地低着头说:"我很想跟你去,也很想和你一起画画,可是……"阿娜尔汗说不下去了,回头望了他一眼接着说:"可是,我父亲说你是疯子,和疯子在一起是没有好结果的。"

海拉提默默地走了,走了的海拉提再也没回来,再也没人知道他的消息,好像一滴水从这个世界上蒸发了。

转眼三十年过去了,洋瓦力克村来了一个很有名的老画家,说是来深入生活搞写生的。可是老画家大白天从不走出他的那间小屋子,只有在傍晚的时候,才背着画夹画架出门,到离村子两三公里的地方,支起画架,手握画笔画呀画。每天都是这样,从不和任何人说话。

村里人都说这位大画家太古怪了,人家出来深入生活写生,总是有问不完的问题。可是这位大画家从不和人说话,画的画也不让看,他画画的时候,不让人在他的身边,究竟画了些什么也没人知道。洋瓦力克村人都叫他怪老头儿。

一个月之后,老画家走了,什么也没说,连一句感谢的客套话也没说。洋瓦力克人就觉得羊肉白给老画家吃了,不知道老画家会不会记住洋瓦力克村。

不久,老画家那幅《牧羊》在国际上获了大奖,他把奖金全寄给了洋瓦力克村。他在信中说:"洋瓦力克还是那么穷,这点钱先把村里的路修了。"

洋瓦力克村人在电视上看到了那幅在国际上获大奖的《牧羊》,远山和橘红的天空,碧绿的草场和雪白的羊群,在羊群的旁边有一个手持牧鞭的少年、三个翩翩而舞的少女。

大家好像都看懂了,又好像什么也没看懂。

羊倌的本事

○巴图尔

羊倌司拉姆从小放羊,学一天也没上,是一个彻头彻尾的文盲。本来家里经济条件就不好,孩子又多,到了他十三岁时,父母才咬着牙让大哥辍学在家放羊,让他去读书。他却不干,说:"大哥书读得好,不读可惜了。反正我都十三岁了,去读书还不让同学笑话死了。"

父亲想让他认几个字,他就和妹妹们学了几天,维文三十二个字母还没认完,他就没兴趣学了。从此,父亲不再管他学习,只要他把羊放好了就行。

总有想不到的事情发生。那天傍晚,他把羊赶回家才发现少了两只。丢了两只羊可不是小事,还没等他把话说完,父亲就重重地给了他一个耳光,瞪着一双愤怒的眼睛说:"就是今天晚上不睡觉,你也得把丢了的羊给我找回来。不然,哼!你等着瞧吧。"

父亲的脾气他是知道的,如果找不回来,父亲真的会打断他的腿。他连晚饭都没吃,就和兄弟姐妹走出家门去找羊。

丢失的羊找回来了,司拉姆是顺着羊留下的脚印找到的。平时放羊没事的时候,他就喜欢观察羊留下的脚印,这回真还用上了。

村里也经常有丢羊的。开始的时候,司拉姆只是出于好奇,听说谁家丢羊了,他就跑过去帮忙。只要告诉他羊走丢的地方,他就会根

据羊留下的脚印，指一个寻找的方向，每次都能找回丢失的羊。后来，他又学会了看牛、马、驴的脚印。牛马驴在庄稼院算是大牲口，丢了谁不心疼？到乡派出所报案，能找回来的实在太有限了。司拉姆出名以后，派出所都要找他帮忙。在他的帮助下，乡派出所还破获几起偷盗案和几个盗牛盗羊团伙。

那年，一伙儿境外恐怖分子潜入新疆。公安部门得到情报，这伙儿恐怖分子就隐藏在南疆某地叶尔羌河河套之间。可是派出所的警力搜寻多日也无结果。这伙人抓不到，就像悬在人们头顶上的一把刀。公安干警们夜以继日地追踪搜寻，和衣而卧，抱着枪吃饭睡觉，只要有一点有关这伙儿恐怖分子的信息，他们就会立即行动。可是每次都扑了空，有时干警们感觉这些家伙就在附近藏着，可是他们无法分辨一地乱糟糟的脚印到底去向何方。这伙儿恐怖分子是经过严格训练的激进分子，反侦查能力非常强。

半个月过去了，仍然没有抓到这伙人。疲惫、烦躁让干警们牢骚满腹，有人甚至怀疑从头至尾情报都是假的。领导更是顶着压力和疲惫，咬着牙坚持着。忽然有人说："我们总是没头苍蝇似的东一头西一头地撞，为什么不请一个形迹专家呢？"

有人推荐了司拉姆，但他并非什么形迹专家。司拉姆了解完情况后，犹豫了，他喃喃地说："我找羊找牛还可以，看人的脚印还没试过。"

领导说："既然来了，就试试吧，反正也不能坐在这里等他们跳出来。"

几天下来，司拉姆跑了不少地方，可都没有结果。这天又来到一处恐怖分子的宿营地，司拉姆蹲在地上仔细观察地上的足迹。然后，他闭目站在河堤上，好像是在闻风中残留的味道。过了一会儿，他睁开眼睛对领导说："这伙人至少有六个人，分三拨儿走的。"

领导说:"他们向哪个方向去了?"

司拉姆在叶尔羌河干枯的河床上,上下跑了几趟,回来对领导说:"他们一伙儿向西,一伙儿向南,还有一伙儿向北。"

"能肯定吗?"领导问。

司拉姆又在叶尔羌河床上下看了看,回来说:"如果我说的不错的话,这三伙儿人至少有两伙儿会回来。我建议你们兵分四路,三路分别向西、向南、向北追,留下一路人在这里守株待兔。留下的人要多一点。"

"你怎么这么肯定?"领导有些怀疑地问。

司拉姆走到河堤上,用脚在地上踢了一下,就露出一些衣物和吃的东西。他说:"他们把东西埋在这儿,一定会回来取的。"

天快亮了,向三个方向追击的公安干警们陆续返回来了,蹲守的这一组也没有任何收获。

大家正在抱怨时,突然听到一阵脚步声。

怨声载道的人群一下子静了下来,领导小声命令道:"大家注意,进入战斗准备。"

一场激烈的战斗结束了,击毙一人,活捉六人。

成　长

○冯春生

　　村里有十个人要去外地打工,我把儿子村宝也编在他们的队伍里,儿子是他们中间年龄最小的最不懂事的。出发前,我把那十个人请到家中喝了酒,再三嘱咐他们出去要关照好我的儿子。他们喝了我敬的酒,说一定关照。最后我给儿子也倒了一杯酒,说:出去一定听话,尊重兄长,关照自己。儿子说了声是,就一口喝下那杯酒。我的举动大有为壮士出征饯行的豪迈。

　　一个夏天他们没回来,偶尔来封信,也只是报个平安。

　　年底的一天,家里突然进来一位穿着花花绿绿的青年人,他的头发染得黄一股蓝一股,戴着一副墨镜,腰里还挂着一部手机,我以为是个妖怪,吓得问了声:你找谁?

　　那人竟叫了声:爸。

　　什么? 我以为听错了。

　　爸——那人拉长声音又叫了一声,随手摘下了眼镜,我才认出来是我儿子。

　　儿子回来了,我当然高兴,但我对他的打扮十分厌恶。

　　一连几天,儿子在村子里四处游荡,有时还带着酒气回来。他外出打工怎样,挣了多少钱,跟我们只字未提。

过了十几天,他们一起出去打工的王二来我家了,说:叔,村宝借了我一点钱,我想要了。

我一听说儿子借了他的钱,忙问:多少?

不多,一百元。

我嘴里"哦"了声,心里说不多。

我问儿子:你借王二的钱了?

儿子"哦"了一声,再没话了。

我问:你身上没钱?

没。儿子低下头说。

我打开柜子取出一百元,递给王二,对他说:谢谢你在外面关照他。你回去看大家谁还给过村宝钱,让他们明天来取。

第二天上午,出去打工的十个人,除王二没来,剩下的九个都来了。

我吓坏了,问他们:村宝跟你们都借钱了?

他们异口同声说:对。

借了多少?

两百。三百。四百。五百……一千。

报一千的是我儿子最好的朋友张四。

哎哟!我肺都气炸了。我问儿子:是不是?

儿子低着头说:是。

这么说你出去打了一年工,给我挣回六千块钱的债?!我真想上去把他头上的花毛薅掉。

儿子不作声,其他人也不作声。

我长出了一口气,对大家说:感谢大家一年来对我儿子的关照,我今天只能再还两百块钱,剩下的我慢慢还。

我给了李三两百块钱后,大家走了。

晚上我一夜没睡。

一个月后,我卖了几头猪还了人家三千元。

又一个月后,我卖了几只羊又还了一千七百元。

就剩张四的一千元了,他来了几次我都没给他,尽管我手里还有点钱。张四每次来要账,我都把儿子叫在跟前,让他听张四要账的哀求声。

第二年开春,大家又要出外打工去了,张四来我家要钱,他满脸的不高兴,说:叔,我出门没钱,把那一千块钱还给我吧。

我说:没钱,等冬天吧。

叔,去年出门时,数我对村宝好,给他吃,给他喝,带他玩。我借给他的钱最多。你把别人的钱都还了,我俩是最好的朋友,你反倒不还我的钱,你们有良心没?

一句话说得我哑了,村宝在一边抽泣开了。

我的手伸进衣兜里摸了摸那一沓子钱又抽出来。我对张四说:四子,叔现在身上只有两百块钱,你先拿上做路费吧,剩下的钱等冬天还你。我的手又伸进衣兜里从一沓子钱上捻出两张一百元的递给张四。

张四拿了钱,扭头就走,把门狠狠地甩了一下。

村宝放声哭了,问我:你兜里有钱,为什么不给张四?

我说:钱是我的,我不想给他。

有了张四的宣传,今年外出谁也不敢领我儿子了。可儿子的心早跑野了,他说:我自个儿去。

年底,儿子回来了,穿着朴素,一头黑发油光明亮。他一进门就说:爸,给你六千块钱,打工挣的。

我高兴得一把搂住了儿子,说:快去张四家。

儿子问:干啥?

还钱。

小炉匠

○冯春生

　　小炉匠,钉锅匠,打烂都是一个样。小明的邻居就是钉锅匠,小明小时候就爱去钉锅匠家玩,钉锅匠也很喜欢小明。

　　钉锅匠每天烧着红炉,拿锤子叮叮当当地敲打出一道道马簧。马簧,就是钉锅用的铁钉子,钉锅匠打马簧的材料是旧的头号粗铁丝,钉锅匠就让小明出去给他捡旧铁丝。小明很认真地去,走很远很多的地方给他捡铁丝,每次捡回铁丝,钉锅匠就给小明五分钱。为什么给五分钱呢? 因为当时看电影小孩的票是五分钱。小明的家穷,根本看不起电影。电影是当时最诱人的东西,小朋友们都爱得要死,如能看一场电影,那可是世上最开心的事。小明辛苦捡一天铁丝,能看一场电影,那是何等的高兴啊。可铁丝也不是好捡的,有时要捡好多天才能换回五分钱。小明不捡铁丝的时候,就过来帮钉锅匠拉风箱,看通红的炭火把铁丝烧得通红,钉锅匠用铁夹子夹起来叮叮当当地打起来,不一会儿一个 U 字形的马簧打成了,他顺手丢进了水盆里,水盆里"哧"的一声,冒出一股蒸气,小明看着很好玩。

　　钉锅匠的手艺很高,他不光会钉锅,还会钉大瓮修小碗,那些小媳妇老太太把打烂的瓮呀碗呀给钉锅师傅拿来,他用他的金钢钻,吱吱地钻下几个小孔,把那两头有钩的马簧用锤轻轻地敲进去,再用油

灰在缝上一抹,好了。小明说,叔叔的手艺是专门修人吃饭的东西的。他笑着说,是啊,叔叔是怕你们锅破碗烂了吃不上饭。

钉锅匠想收小明做徒弟,可小明的家里不同意。小明是城镇户口,初中一毕业就参加了工作。

小明参加工作不久,一天,小明给钉锅匠扛回了五十多斤铁丝,钉锅匠一看,铁丝虽是旧的却是整圈的,就起了疑心,问小明哪儿来的。小明支支吾吾地没说来个啥,最后说,你甭管怎么来的,你看值多少钱,卖给你了。

钉锅匠说,铁丝你先放下,你千万不要给任何人说。

第二天,就有人来钉锅匠家问,是否有人来这卖过铁丝。钉锅匠一看是小明单位的领导,指着地下的铁丝问,是这个吗?

那人看了一眼地上的铁丝,忙说,是是是,就是这些铁丝,哪儿来的?

钉锅匠没有出声。那人又高声问,哪儿来的?钉锅匠还不动声色。那人说,我报派出所去。说着就要走。钉锅匠眼看那人就要出门了,忙说,你慢走,我说。那人扭回了身子,问,哪儿来的?

我偷的。钉锅匠说完低下了头。

下午,钉锅匠就被拉在街上游斗。脖子上挂着一个牌子,上面写着:盗窃犯。钉锅匠被游斗了两天才放回来。

小明来到了钉锅匠的家,"扑通"给钉锅匠跪了下来,说,我有罪啊。

钉锅匠把小明扶起来,说,孩子,我是钉锅的,不能砸你的饭碗哪,往后你可要把饭碗端好啊。

要知道,那时候偷五十斤铁丝是要被开除的。

完美的克扣

○冯春生

　　裁缝店里的生意不算景气,但也不太冷清。店掌柜是一个很抠门的家伙,就爱偷工减料,盘剥顾客。

　　这天,来了一位顾客,拿着一块布料,对掌柜说,做件衣服。掌柜接过布料,问,做啥衣服? 要啥样式? 顾客说,你看着办吧。家里有这么块布料,你看做什么合适就做什么吧,样式也由你定。

　　顾客走了,店掌柜拿起尺子一量布料,哦,心里说,够做件大衣。就拿起剪刀噌噌地下了大衣的料。剪完布料,他有点后悔,为什么不省点布料,自己克扣点呢? 有了想法,他就叫大师傅过来商量,很快就有了方案。店掌柜拿起剪刀噌噌就将衣料的下摆剪下,改成上衣了。剪完之后,他又有点后悔了,干吗剪得正好呢? 还可以克扣点嘛。他又将二师傅叫过来商量。很快就有了方案。店掌柜拿起剪刀噌噌就将衣料的半截袖子剪下,改成短袖衫了。剪完之后,他还有点后悔,干吗剪得正好呢? 还可以克扣点嘛。他又将三师傅叫过来商量。很快就有了方案。店掌柜拿起剪刀噌噌就将衣料的袖子剪下,改成背心了。剪完之后,他还不甘心,干吗剪得正好呢? 还可以克扣点嘛。他又将四师傅叫过来商量。很快就有了方案。店掌柜拿起剪刀噌噌就将衣料的上半部分剪下,又在齐腰的地方用剪刀剜了两块,

改成三角裤衩了。

　　这回，店掌柜才满意了。第二天，顾客来取衣服来了，店掌柜提心吊胆双手哆嗦着拿出了三角裤衩。顾客先是一怔，接着高兴地笑着说，你好聪明啊，我老婆说这块布料早过时了，做成什么衣服都穿不出去的，让我扔了。你竟给我做成了一条内裤，这下就不怕因为过时而不敢穿出去了。谢谢你啊，老板。

　　店掌柜差点晕过去。

一 碗 泉

○王培静

我当兵的这地方,离罗布泊只有五公里。

这里一年只刮一场风,一场风从春刮到冬。头些年离营房不远有几棵胡杨柳,这几年大旱少雨,慢慢都死掉了。沙漠里最可敬的生命是骆驼草,它的生命力极其顽强,在和恶劣自然环境的较量中它永不言败,悲壮地坚守着自己的阵地。

有时候,站一班岗下来时,脚下的沙能埋到人的膝盖,帽子上也能抖下一捧沙。沙粒打在脸上生疼生疼的,只要出了屋门,就是一嘴沙。刚来时,我的情绪特别低落,跑到离营区几里远的沙漠里,望着家乡所在的东方,高声呼喊:"爹,娘,我想你们,这儿不是个人待的地方,儿子还能不能活着见到你们都很难说了。"但在连队里谁也不太敢显露出来,怕影响自己的进步。

我们三班长看出了我的心思,找我谈话时,向我讲述了这样一个故事:原先,有一个南方新兵,是个城市兵,来这儿后,看到满目荒凉的景象,看到一望无际的戈壁滩和沙漠,他接受不了"白天兵看兵,晚上数星星;吃水贵如油;风吹石头跑,太阳如灯照"的这个现实,他做梦都在呼吸着家乡湿润的空气,他曾天真地制订了这样一个计划:趁晚上出去上厕所之机,跑出这儿,找个有火车的地方坐车回老家去。

好不容易等到了一个好天气,这天晚上,如他设想的一样,没风,天上有月亮。等战友们都睡熟后,他悄悄起来装作上厕所的样子,出门后观察了一下四周,跳出围墙消失在了夜幕中。结果他在沙漠里迷失了方向。等四天后战友们找到他时,他已脱了水,只剩最后一口气。战友们给他喝了水,把他抬回了部队,他捡回了一条命。

班长还说,那个南方兵被救后,曾无数次地对战友们叙说:在我倒下后的意识里,身边有眼碗口大的清泉,那水清澈见底,可我怎么也爬不到它的边上去。有一刻我睁开了眼睛,努力聚起了一点力气,想站起来,但试了几次都没有成功。到处都是荒无人烟的沙漠,哪有什么清泉?

后来我知道了班长讲的那个南方兵就是我们现在的营长,他在这儿已经待了十六年。我们营长有句名言:这儿的土地再贫瘠,环境再艰苦,也是我们祖国的土地,也需要有人来守卫。男子汉可以流血流汗,但决不流泪。

后来我还知道了我们这儿原本是没有地名的,"一碗泉"这个诗意的名字是我们营长的杰作。

逆向思维的人

○王培静

从小，相志国考虑问题的角度就和别人不一样。比如说上学听课，他的精力老是集中不起来。他特别爱联想，老师讲《小英雄雨来的故事》，他从雨字联想到水、小河，思想就跑到村西的小河里游泳去了。他听课总是走神，假若哪节课他被老师踢出教室罚站，他听这节课的效果会特别好。他心里是这样想的，你让我听我不听，你不让听我偏听。

小学毕业时，看到村里或外村经常有人死去，他突然开始思考"人生的意义"这个伟大主题。他想，人为什么活着？老师说，雁过留声，人过留名。但要像雷锋、黄继光、邱少云那样也不容易，年纪轻轻的就得死掉，献上生命才换来个好名声，那样有点不值，世界上还有好多东西没有享用……

他突发奇想，做英雄不行，就做个令别人讨厌的人吧。只要能让别人记住自己就行。从此他有了一个宏伟目标，争取早日成为一个让别人最讨厌的人。

他开始实施自己的计划。上学路上，把刚灌浆的玉米棒子掰下一半来，向男同学的衣服上弄钢笔水……凡此种种。有一天，正在上课，老师让同学们拿出作业本。先是班长沈晓红发出了一声尖叫，紧

跟着全班女同学都发出了尖叫。老师抬起头不解地望着女生们。沈晓红说，老师，我书包里有个软乎乎的东西，还是活的，吓死我了。别的女同学都说：我书包里也有。老师对体育委员吴大松说，吴大松，你帮忙拿出来看看是什么。吴大松轻咳了一声，像英雄要上战场似的，走到沈晓红跟前，停了下来。好多同学都站了起来。他刚打开沈晓红的书包，一只青蛙就跳了出来。女同学们又是一阵惊呼，男同学也一起起哄。原来不知是谁在全班女同学的书包里都放了一只青蛙……

初中毕业后，相志国到县五金厂工作，厂里分了房子，然后结婚生子。多年来，相志国爱搞恶作剧的毛病一点也没有改。这不，大早上他下了楼，走到大门口，看见一个青年人推着自行车急匆匆地向外走，他走上去从后边抓住了人家的后车架。小伙子回头一看，看到了面无表情的相志国，心里想，今天我真够倒霉的，碰上了这个讨厌鬼。院里人背后都喊他神经病。时常，在院子或工厂里碰到人家背着重物，累得直喘粗气的时候，他偏故意挡住你的去路，你向左躲，他向左站，你向右躲，他向右站。所以院子里的人平时都尽量躲着他。

小伙子说：我上班要迟到了，有什么事你就说吧。

相志国装出可怜的样子：你是三车间老吴家的老二吧。

小伙子说：我姓关，不姓吴。

相志国换了一副面孔，冷笑了一声说：你就是老吴家的二小子，还说自己不是。

小伙子说：我真的不姓吴，你放过我吧。

骗我是吧？你再编！

见甩不掉他，小伙子换了一副笑脸说：大叔，我就是老吴家的二小子，刚才我跟你开玩笑的。

相志国也笑着说：实际上三车间老吴家只有一个儿子。这事不

说了，祝你节日快乐。

小伙子想了想，没想起这天是个什么节日来，不解地问：什么节日？

相志国：愚人节。

小伙子：愚人节过了好几天了。

小伙子又抬腕看了看表，把车子往相志国手里一送，哭笑不得地说：今天碰上你，算我倒霉。车子我不要了，我打车走了。

相志国望着小伙子走远后，把车子推回了院里，放在门口车棚里，锁上车子，走进了传达室。他对值班的人说：有个年轻人忘了锁车，钥匙放你们这儿吧。

每当夜深人静，大部分邻居家都关灯进入梦乡的时候，他经常打开窗户，扯起嗓子，连连高喊：杀人了！杀人了！头两次有好心的邻居以为楼里真出了事，打110叫来警察，结果都是虚惊一场。所以晚上再听到他的喊声，大家就很理解地说声：神经病又犯了。妻子要带他去看看，他不去，他说：我没病，你才有病哪。你不懂得我的心，到时候知道来龙去脉你就能理解我了。

两口子闹离婚闹了好几次了。刚上小学的女儿也觉得这样很丢人，背地里也骂他是神经病。

他们不知道，世界上有一个吉尼斯纪录，相志国的远大理想，就是想成为进入吉尼斯纪录的世界上最令人讨厌的人。

母爱醉心

○王培静

　　父亲走了二十多年了，母亲的身体硬硬朗朗的。这是曾子凡心里最欣慰的事。前些年每次接母亲来北京小住，待不上一个月，她就闹着要回家，说住在高楼里接不上地气，说话也没人能说到一块儿去，再待下去就待出病来了。要是孝顺，就送我回家吧。这些年母亲岁数大了，出门不方便了，所以自从从副师职的岗位上退下来后，他就经常回去看母亲。

　　早晨一起床，他对老伴儿说，我要回家，老娘想我了。

　　老伴儿说，那叫谁陪你回？

　　不需要，我自己回就行。

　　你以为你还年轻，六十多岁的人了。

　　老伴儿不放心，就叫孙女雪菲请假陪他回家。

　　爷儿俩下了火车，打车向一百公里外的山里驶去。路上，孙女雪菲说，爷爷，您这是第三次回家了吧？

　　是啊，想你太奶了。

　　太奶也真是的，不会享福，去咱家待着多好，非要回乡下住。

　　你不理解，乡下空气好，人气浓，她活得舒坦。

　　车子一进山，曾子凡问司机，师傅，能打开窗户吗？

可以。

曾子凡对着窗外深深吸了一口气。他心里想，这是真正的家乡的空气，这种熟悉的味道一下子灌满了他的五脏六腑。

车快到村子时，他对孙女说，菲菲，知道吗？当年我就是沿着这条小路从大山里走出去的。这山小时候我去上边逮过蝎子，来这小河边割过草……

一进家门，他站住了。母亲端坐在院子里，很安详的样子。

曾子凡轻轻喊了一声，娘。生怕吓着母亲似的，声音又绵又柔。见母亲没有反应，他的眼睛湿润了。

他紧走几步，在母亲面前轻轻地跪下了。母亲转过脸，昏花的双眼中有亮光闪过，继而脸上露出一丝宽慰的笑容。他把几乎已是满头白发的脑袋深深埋在母亲怀里，母亲用那双布满青筋的手把他揽在怀里，轻轻地拍着。许久许久，母子俩就这样抱着。当母亲捧起他的脸时，他早已是泪流满面。

站在一边的雪菲看到眼前的这一幕，眼睛里也盈满了泪水。

夜深了，娘儿俩还在陈谷子烂芝麻地聊着，雪菲早已进入了梦乡。

娘，您也睡吧，咱们明天再聊。

行，你也累了，早点歇着吧。

躺下了许久，母亲也早已经熄了灯，他却怎么也睡不着。

突然屋内有一丝亮光闪过。母亲轻手轻脚地来到他的床前，里里外外给他掖了被角，然后手电照着别的地方，在手电的余光里端详着他，久久，久久。

他的眼角有两行泪水悄然流下。他装着熟睡的样子，没有去擦眼睛。他心里想，母亲这辈子太苦了，而我太幸福了，这样的岁数了，还能享受到母爱。在母亲心中，不管你多大年纪，永远都是个孩子。

他脑子里过起了电影，想起了自己这一生的酸甜苦辣，沟沟坎坎。

第二天早上雪菲起来，看爷爷睡得那么香甜，脸上还带着笑意，心里想，这老顽童，不知又做什么好梦了。

　　当家人忙完早饭，太奶让雪菲喊他吃饭时，他再也没有醒来。母爱，使他醉过去了。

距离一米看孙子

○安晓斯

　　接到儿子从那座大城市打来的电话,张叔和张婶就没睡好过觉。儿媳生了个大胖小子,这在我们农家可是大事。说啥也得去看看我们那大胖孙子。张叔和张婶没事就唠叨这话题。

　　儿子张晖是真争气。大学毕业后,顺利在那个城市找到了一份不错的工作。听说那个城市很大,距离老家千把里。工作了一年多时间,儿子就报喜了。说在那个城市找了个对象,叫楚雪,家里就她一个女儿,条件很不错。张叔就说,那我和你妈去看看,替你把把关。张晖就说,爸妈你们别来了,这么远的路。回头我带她回老家一趟。张叔和张婶就一直等啊等。

　　终于等来消息了。是儿子准备结婚的消息。这可是大事,张叔和张婶就告诉儿子准备去一趟。儿子说,爸妈你们别来了,回头我带她回老家一趟好了。还有,把咱家的旧房子拆了再盖一次,人家是城里的姑娘,回去也得有个干干净净的地方不是?

　　张叔一咬牙,卖了猪粜了粮食,就拆了旧房盖了新房,还更换了所有的家具。儿子电话来了,说结婚就不回去了,楚雪家把啥东西都准备好了,房子、车子也都买好了,不用咱家花钱。张叔不听,那咋行?咱必须得拿点钱。两天后儿子打来电话,楚雪家把在地下停车

场买车位的事让给咱了,爸妈你们就汇五万元钱好了。后来,张叔和张婶才知道,他们花五万元购买的车位,实际上就是用白漆画的一个长方框。

张婶就开导张叔,孩子在大城市里结婚,咱不去也行。咱农村人知道啥,弄不好还给咱孩子丢人呢。张叔听了点点头,这老婆子说得有道理。

儿子终于打来电话,说结婚日子定下了。楚雪家里人说了,路太远,爸妈你们就别过来了。结过婚,我抽时间带楚雪回去一趟。

张叔和张婶就在家里等。每天,老两口除了干农活儿,回到家就开始收拾房间,扫啊摸啊,虽然累点,可是真的很高兴。

儿子终于又打来电话了。火车票儿子都给买好了。张叔和张婶就按儿子说的,怎么到车站去取票,怎么坐车,怎么出站,在哪儿等,都一一记下了。坐在火车上,张叔和张婶兴奋得没法说。张婶就提醒张叔,别忘了那俩红包。

下了车,儿子就在出站口等了。到了一家宾馆,张叔说,咱不住这里,我和你妈就在你那儿住一夜,看看孩子就走了。儿子的双眼就湿湿的。

饭后,张叔和张婶就和儿子一起去看孙子。

进了门,张叔和张婶就看见一个衣着讲究、戴着金边眼镜的女人。亲家,都来了。很亲热的声音。楚雪,快来,你爸妈来了。还是那个女人的声音。张叔和张婶就知道一定是亲家母了。换了拖鞋,儿子就拉着张叔和张婶在一个紫光灯下照了一会儿。

有了孩子,我们从外面回来都要照一会儿,杀菌效果很好的。还是那个女人亲热的声音。坐下来喝茶的时候,张叔就拿出那两个红包来。张婶就说,楚雪啊,这是给你的,10001元,在咱农村老家叫万里挑一。这是给孩子的,8800元,咱老家叫宝贝蛋蛋。别嫌少,是爸

妈的一点心意。

　　闲聊了一会儿，张叔和张婶就提出想看看孩子。亲家母就说，好不容易哄睡了，脚步轻点儿。轻轻地推开卧室的门，张叔和张婶就看见一个罩着粉红色蚊帐的婴儿车。距离一米远时，张婶伸出双臂想抱孙子，亲家母却拉住张婶说，咱今天就不抱了，哄孩子睡着不容易。张叔和张婶就隔着那个粉红色的小蚊帐，在朦朦胧胧中看见了孙子红扑扑的小脸蛋儿。

　　第二天一大早，哭了一夜的张叔和张婶就来到了火车站。离开宾馆时，张叔没有告诉儿子。他把儿子交的押金留在了服务台，自己结算了房费。

　　张叔对张婶说，看出来咱儿子有多难了吧。张婶流着泪点点头。老头子，我眼神儿不好，你到底看清楚咱孙子没有？张叔还没说话，大把大把的泪就涌了出来。

杏 花 嫂

○安晓斯

大雨铺天盖地地下起来,一阵比一阵急。在地里干活儿的人们都丢下工具往家里赶。

杏花嫂上身穿了一件薄薄的浅色碎花短袖,也走在回家的人群里。走着走着,杏花嫂就走不成了。因为雨水把她的衣服沾在丰满的乳房上,一颤一颤的,看起来就像是赤裸着上身。

一群人都和杏花嫂开起玩笑来。

大雨中,一件男人的衣服突然就披在了杏花嫂身上。杏花嫂看清了,是三成。

杏花嫂的男人去世五年了。那年夏天,我们沁水湾的小商店里,流行着一种叫作"电猫"的东西来电死老鼠。杏花嫂的男人也在屋里放置了"电猫",准备电死那些夜间出行的老鼠,半夜里起床上厕所,不小心却把自己电死了。从此,杏花嫂成了寡妇,拉扯着两个年幼的孩子,过着艰难的日子。这几年,多亏了三成帮忙,杏花嫂才顾得上家里地里和孩子们。

三成照顾杏花嫂和孩子们,是因为三成的承诺。三成和杏花嫂的男人是结拜兄弟。下葬那天成殓时,三成"咚"的一声跪在棺材前,泪流满面:哥,那年若不是你把我从水中救出,我早死了。放心走吧,

杏花嫂和孩子们我来照顾。哭得满屋子的人都掉了泪。

寡妇门前是非多。就有些脸皮厚的,常三更半夜来敲杏花嫂的门。杏花嫂不敢开灯,也没有开过门。她只想着攒够了钱,要新修一个高高的街门,好把那些三更半夜敲门的人挡在大门外。就有些好事的,常常找借口来帮杏花嫂干地里的农活儿。杏花嫂都好言拒绝了。她只让三成帮她干活儿。三成人老实,干活儿时不爱说话,也不抬头,只是默默地干。三成有自己的拖拉机和收割机,杏花嫂家的农活儿不多,农忙季节,三成顺便就帮杏花嫂家干了。

每次农忙季节用三成的机械收割、运输,杏花嫂都会付钱给三成。三成就认真地算算账。然后三成就说,杏花嫂,你打个欠条吧。你现在日子紧,有钱了再给我。杏花嫂的日子是紧,就按三成说的打了欠条。总是过了很长一段时间,杏花嫂才会攒够钱去还三成。三成就说,杏花嫂,我今年麦季挣了很多,秋季挣了很多,你先欠着。一年四季,杏花嫂的手头常常很紧,就一直欠着三成。

欠着欠着,杏花嫂就想着报答三成。可杏花嫂发现,三成从没有让她报答的意思。

三成人老实,老实到连媳妇也留不住。前些年他家里穷,爹娘长年有病,连媳妇也是用妹妹换亲换来的。媳妇看不起三成,嫌三成没出息,和他过了半年不到就走了,再也没有回来。三成伤心地哭,哭得街坊邻居都心疼。后来三成变了,贷款买了拖拉机和收割机,农忙季节帮村里人收庄稼,日子也一天天好起来。

雨越下越大了。三成光着上身,送杏花嫂回到了家。

三成人老实,心里却啥都明白。这几年,街坊邻居的不断有人议论,说他和杏花嫂的闲话儿。杏花嫂心疼三成,就劝三成不要再来帮她,省得别人嚼舌头说闲话儿。三成说,嫂子你怕了?杏花嫂说,我怕啥哩,咱俩又没啥。

可永远欠着三成，杏花嫂心里还是不好受。

三成站在家门口不进门，杏花嫂就说，进来吧，躲会儿雨，雨停了再走。

孩子上学了，家里没有人。三成就跟着杏花嫂进了屋。

就听杏花嫂在里间叫三成。你进来帮我拿个东西。

推开里间的门，三成一下子蒙了。他分明看见，杏花嫂刚换的上衣还没扣扣子，丰满的乳房颤颤地在动，晃得他两眼眩晕。

三成，你来吧。三成不动。杏花嫂就哭了。三成，你不想我？三成说，想。

就见三成拿了自己的湿衣服就走。杏花嫂追到外间拉住三成。

让我再想三天。三成飞也似的跑了。

杏花嫂笑了。笑着笑着就哭了，哭着哭着就笑了。

香 菱 娘

○安晓斯

香菱爹断气时,香菱娘没有哭。

香菱爹在病床上躺了十年,是香菱娘没日没夜地悉心伺候着,没断过汤水、药水。

我们沁水湾的人都说,香菱娘是天底下最好的女人。

香菱二十五岁了还没成家,因为香菱是个病姑娘。她的脊椎有些弯曲,左右肩膀不一样高,是个天生的病秧子。这样的女人娶到手是个负担呵,村里人都清楚。香菱的弟弟拴定是个健壮的小伙子,爹去世时,他才二十岁。

香菱娘没哭,是因为香菱有病,拴定还小。庄户人家办丧事,得有个当家主事的人坐镇操持。香菱娘知道,儿子拴定现在还不能撑起这个家。

香菱娘人缘好,领着拴定磕了一圈头,自己本家,街坊邻居,一会儿工夫来了一屋子人。

一屋子人坐定,香菱娘拉着香菱、拴定,"咚"的一声给众人跪下了。香菱有病,拴定还小,他爹的丧事麻烦大家了。全屋子的人都掉了泪。

乡里乡亲的谁不清楚,自从香菱爹中风偏瘫卧床,香菱娘就没有

过一天轻松日子。喂饭喂药,端屎倒尿,洗洗涮涮,缝缝补补,家里地里,黑天白日,把个香菱娘累得比实际年龄老了十多岁。可香菱娘是个心胸宽阔的女人,日子总得过下去,硬挺着,硬撑着,竟也一天天活过来了。

村里人都说,香菱娘是个特别坚强的女人,穷日子开心过,难日子咬牙过。香菱娘可不是个一般女人。

办丧事要花钱。除了给香菱爹看病,香菱娘攒的钱不多,大都装在一个蓝花布包里,有零有整。

操持丧事的本家总理事老根叔心里最清楚,香菱娘是想让他把丧事办得风光一点。庄稼人讲究个面子,尤其办丧事不能太寒碜。太寒碜了,街坊邻居会说三道四。这一点,香菱娘比谁都明白。

安排好了所有的事,香菱娘整个人就像软了一样没有力气。

香菱爹火化那天,香菱娘大哭了一场。

天不明,香菱娘就一遍遍地给香菱爹整理衣裳。里里外外,抻抻拽拽,衣服带子解了又系,系了又解。看看香菱爹手里握着的铜钱,流着泪说,他爹啊,你人太老实,干啥事都马虎,出门的钱可不能丢了啊。香菱、拴定孝敬你,给你穿了四身新衣裳,铺的盖的,都是新的。往后你一个人,我不放心啊。孩子们给你置办了全套的纸造货(纸做的丧葬用品),电视机、电冰箱、沙发、大柜啥家具都有了。

香菱娘絮絮叨叨,自言自语了个把钟头,终于忍不住放声大哭起来,哭得满屋子的人都掉了泪。直到把天都哭明了,帮忙的人才把香菱爹送往殡仪馆火化。

香菱爹下葬那天,原本明晃晃的太阳没有了,变得阴沉沉的,一阵阵地刮着大风。

办完了丧事,香菱娘对街坊邻居千恩万谢。送走了帮忙的人们,香菱娘才知道累得不行。孩子们扶她躺下,可她怎么也睡不着。

阴沉的夜，黑漆得伸手不见五指。

香菱娘打着手电筒，静静地来到村外香菱爹的新坟前。

香菱爹的坟地是香菱娘早就请人看好的，旁边坟地躺着的是香菱娘的高中同学、本家堂兄铁牛。铁牛一生没有成家，前年得了不治之症，过早地离开了人世。

给香菱爹烧了纸钱，香菱娘给铁牛哥也烧了纸钱。

香菱娘跪在香菱爹的坟前。表哥啊，今生俺就做了一件对不住你的事，现在你走了，俺才敢告诉你。是咱姥姥硬让咱俩结婚成家的，说是亲上加亲，却害了咱和孩子们。你看看香菱，是咱近亲结婚的恶果啊。我后来狠了心了，就偷偷和铁牛生了咱拴定。这一生，俺和铁牛就好了一次，俺对不住你啊。

不知什么时候，阴沉的天开始下起雨来了。一阵比一阵大，把香菱娘浇了个湿透。伴着大雨，香菱娘再也克制不住泪水的奔涌，哇哇大哭起来。他爹啊，这老俗话说，雨洒灵，辈辈穷。雨洒墓，辈辈富。咱不苛求大富大贵，只祈求孩子们平平安安，今生俺就知足了。

摇摇晃晃地走在乡村泥泞的土路上，香菱娘哭啊哭。

雨下得更大了，几乎要淹没了披头散发的香菱娘。

河　神

○钟池惠

那是一条没名字的季节河。

河道不宽。一边是一群蜗牛似的黄土包,散居着几户人家;一边还是一群蜗牛似的黄土包,支撑着几间瓦房,是学校。

涨水的时候,河水猛兽般满河乱窜,行人只能望水兴叹。枯水季节,却仅有几线清亮的溪流,如弦般奏着悠扬的旋律。穿着鞋,借着河中几块大石头,几蹦几跳就过去了。

就这样一条河,爹说河里有河神。

我不信。爹信。

每年的六月六日傍晚,爹总要到河边去祭河神,净手焚香磕头的神情与奶奶在菩萨前一样。

我还是不信。

我七岁那年,爹拉上我去祭河神,我看见爹跪在地上焚香时泪流满面。祭河神还要哭啊?我问爹。就有冰一样的东西从爹的脸上掠过,爹的表情有些僵了。

爹说,孩子,给你讲个故事吧。

三十多年前六月的一个雨天,有一个和你一般大的孩子要到河对面去上学,那时没有桥,河水很凶,那孩子就坐在河边望着河水发

呆。快上课的时候,河对岸走过来一位汉子,把坐在河边的孩子背了过去。就在靠岸的瞬间,汉子一脚踏空,和孩子一同滑到河里。汉子竭尽全力托起了孩子往岸上一送,还没来得及缓气却被另一个急浪卷走了。说到这里,爹已泣不成声了。

后来呢? 我问。后来,那汉子的女人就用汉子的抚恤金修了一座桥。

再后来呢?

再后来就有了你。爹拉过我,把我紧紧搂在怀中说:孩子,你已经开始懂事了,你可要记住,这条河里是有河神的,你爹就是河神的儿子,因为,那等在河边的小孩就是我,那汉子就是你爹的启蒙老师。

那年的萝卜席

○钟池惠

那是 20 世纪 80 年代的一个冬天,那个冬天来得特迟,也来得特冷。

期末考试一完,同学们迫不及待地往家里赶。回到家里,紧张的心一下子轻松下来。由于考得不是很理想,我闷闷地在家待了两天,娘说,到同学家走走吧,你们有话说,说说话日子就顺畅些。

娘说着话,就把我那件洗得发白的中山装从箱底翻了出来,我穿上就找同学去了。那年,读高三的同学我们村也就四个,李家湾的海子和我最要好。我一到海子家,海子就把其余两位同学邀了过来。海子爸是村长,家境是我们四个同学中最好的。海子娘好客,大鱼大肉的弄了一桌款待我们。吃饱喝足了,我们围着火塘海侃了一通。夜深人静,我睡在海子家暖和宽大的床上怎么也睡不着,我脑海里尽是娘佝偻的身影和苍苍的白发。想着娘的辛苦和自己不尽人意的期末成绩,我的眼泪禁不住流了下来。明天回家,帮娘打柴去,我在心里对自己说。第二天一大早,我执意要回家。几个同学轮回游说,最终还是没做通我的工作。海子说,难得一起轻松,你要走,那大伙就一齐上你家去。

我没有任何理由拒绝,大伙就哄地往我家跑。来同学了,娘自然

高兴,笑呵呵地忙进忙出。我知道我给娘出难题了,一贫如洗的家里,拿什么招待同学呢? 趁同学不在身旁的当儿,我悄悄问娘。娘脸上有些难色,只是一瞬间。娘说,你去陪同学烤火,娘有办法的。我知道,娘为了送我上学,想了不少办法,可今天,娘还能想出什么办法呢?

寒冬的太阳一下山,村子就没有了那份温暖。聊了一下午,同学们似乎也累了。娘不让我插手做饭,陀螺似的忙了一下午,掌灯时分,终于弄好了晚饭。娘在灶房喊:池惠,带同学来吃饭。我惴惴不安地带着同学来到了灶房。走近饭桌,海子大叫起来,呵呵,池惠,看你妈烧的鱼肉好诱人,我最喜欢吃了。我低头一看,桌子中央是一大盘韭菜煎鸡蛋,旁边是一盘盘的什么,我一时也判断不准:黄灿灿的丁子块,那是红烧肉? 淋着辣椒酱的长条块,是红烧鱼? 还有那雪白的凉拌丝,一盘腌菜、一大钵炖汤……我惊奇地看着娘,娘用手理了理苍白的鬓发,笑了笑,对大伙说,来,尝尝伯母的手艺。我和同学纷纷伸出了筷子。一样菜到口中,我打了个激灵,又一样菜到口中,我又打了一个激灵,当我尝遍整个桌上的菜,才知道除了那盘煎蛋,其余的全是萝卜做的:红烧萝卜、清炖萝卜、萝卜条、萝卜片、萝卜丝、干萝卜、鲜萝卜、腌萝卜……

席间,没有一个同学说“萝卜”两个字。

昏黄的灯光下,我眼前一片模糊,唯有娘那和善的笑容在我眼前闪现……

我想坐你的摩托兜风

○钟池惠

阿乐静静地坐在电脑前,呆呆地盯着阿欢的头标。

阿欢的头标是黑色的。阿乐就想,没出什么事吧？她答应过的,不来就在网上留个言。可是,她人没来,也没留言啊!

阿乐和阿欢没见过面。但在聊天中,阿乐和阿欢彼此都很熟悉了。两年来,这是第一次相约,是阿欢提出来的。阿欢说,为了照顾多病的丈夫,在家憋两年了,想到乡下透透气。因为知道阿乐有辆摩托,就想坐着他的摩托兜兜风。

阿乐还在等。阿乐盯着电脑半个来小时后,阿欢的头标闪动了。阿乐几乎要跳起来。阿乐正准备发信息,阿欢先发过来了:抱歉,我不能去了,我老公的病确诊了,他可能站不起来了,我没心情,谢谢你。阿乐呆了片刻,回了条信息:你安置好老公后还是来吧,我会给你好心情的。阿乐再没有说什么,依旧静静地等着。

一会儿,阿欢回了一句:好吧,我就来。

阿欢就来了,在约定的地点阿欢只见到一位骑着三轮摩托的残腿小伙。阿欢的心一沉。阿欢还没回过神来,阿乐就发动了摩托车。阿乐似乎知道走过来的女人就是阿欢。没等阿欢说什么,阿乐把车子开了过去,喊:阿欢,上车吧。

阿欢知道,在这里只有阿乐才知道有一个叫阿欢的女人。阿欢就上了阿乐的摩托车。阿欢想说什么,但最终没有开口。阿乐自然也没有说什么。阿乐只是把摩托车开得比往常快了些。阿欢坐在后面,任风掀起她的长发。可是,阿欢的心情怎么也轻松不起来。兜了好一阵,阿乐说,你怎么也想不到我是一个残疾人吧?不要灰心,我以前的病和你老公的一样,你看,我现在腿虽然不好,但我有双手,我不照样能骑着摩托车带你兜风吗?

阿欢依旧默默的。等停了车,阿乐对阿欢说,一切都会好的,你该回了。

阿欢就下了车。阿欢对阿乐说,谢谢你。

回到家里,阿欢给阿乐留了一句言:阿乐,你让我看到了真正的男人,下次有机会,我还想坐你的摩托兜风。

敬　礼

○佛刘

　　夏天的时候,父亲忽然打来电话,父亲说,你能回来一趟吗? 你全志叔的坟找到了。父亲的声音很平淡,可是在他平淡的语调背后,我却感到了他有意的克制。

　　怎么找到的? 我吃了一惊。全志叔死于解放战争年代,埋在哪里根本无据可查。这么多年,父亲一直都在寻找,可每次都是失望而归。

　　父亲说是他的一个战友在一个旧物市场发现了一本解放战争年代的战士阵亡名录,而上面恰巧就有父亲所在部队的番号,顺着那些番号和相关的记录,父亲的战友看到了李全志的名字,并按图索骥,找到了李全志的墓地。

　　父亲说,你回来吧,我们一起去给他上个坟。

　　我说,等等不行吗? 我这一段时间正好有业务。

　　父亲说,不行,你要是可怜你爹,就回来一趟。

　　父亲一直就这么个脾气,逢年过节,他总要打电话说,你要是可怜你爹,就回来一趟。他有什么可怜的,不过是年纪大了一些,就有了资格。

　　小时候父亲对我一直很宠爱。我说想骑在他的脖子上玩,他不

管多累也会高兴地满足我。邻居家有棵杏树,每年麦收时节,我说想吃杏,他二话不说厚了老脸去央求邻居,弄得邻居老大不愉快。有一次他无意中听到别人说我姓李不姓张时,他竟然跟人家翻了脸,如果不是有人拉着他,那人肯定是少不了挨一顿拳脚的。

我记得母亲去世前夕,曾拉着父亲的手依恋地说,儿子就交给你了,我这一辈子算没有白活。母亲还想说什么,却被父亲用眼神制止了。父亲一手拉着母亲的手,一手抱着我,他的泪水滴在我的脸上。父亲说,你放心地去吧,只要我还有一口气,我会继续去寻找他的。

一晃,十几年过去,我大学毕业参加了工作,现在已经是一家企业的管理人员了。平时父亲总是有意无意地嘱咐我,如果有时间就帮他找找李全志,可是我那么忙,根本就无暇顾及这些,没想到,李全志竟然被他们找到了。

我请了假,然后打点行装,我不得不可怜我爹。

七月的天气,到处流火,当我一身汗水地赶到家里的时候,父亲已经在等着我了。我看着有些陌生的父亲,不知道他怎么会把多年前的旧军装翻出来穿在身上。

我说,天这么热,明天再去吧。

不,父亲说得很坚决,今天就去。

我奇怪地看着父亲,汗水已经把他的旧军装弄湿了一大片。

李全志的坟地距我们村庄很远,如果不是有堂兄的汽车,在这样的天气,我真担心父亲会中暑。父亲一直说着没事,还不时地正正自己的军帽,仿佛在赶赴一场严肃的约会。

车在一处长满野草的土坡前停下来,如果不仔细分辨,根本不会知道在这些绿色的野草中间还隐藏着这么多的秘密。显然那些地方被重新整理过了,草清了,坟头新了,还立了碑,说不定用不了多久,这些坟就会被迁移到烈士陵园。

父亲一看见那些坟头，眼圈就红了，我知道他内心的伤痛，在这样的时刻，说什么都是多余的。

我曾在父亲的日记中读过他和李全志的生死友谊：战斗很艰苦，双方都杀红了眼，连枪管都红了。我被击中了腹部，躺在地上不能动弹，当一颗炮弹飞来的时候，李全志奋不顾身地压在了我的身上。我在爆炸声中昏了过去，当我醒来的时候，已经在一个临时的救护所了。此后，我再也没见过李全志，战友们都说李全志牺牲了，但我不相信，我想他一定还在战场上……

在李全志的坟前，父亲说，儿子，你跪下。

我诧异地看看父亲，在他不容违抗的目光下，我跪了下来。

父亲说，老弟，我把你的儿子带来了，你睁开眼睛看看吧。

爹，我扭转头疑惑地看着他。

他才是你爹，父亲用手指着李全志的坟，他才是你真正的爹。

我的大脑轰的一下，仿佛有什么在耳边炸开了。

儿子，给你爹磕头。

我一边磕头，一边悄悄地流眼泪，这么多年，我一直都没有发觉过父亲的异样，他爱母亲，也爱我。可是在他的心里，却一直埋藏着这样一个心愿：帮我找到我爹。

我的任务终于完成了，老弟，我可以放心地去看你了。父亲对着坟头行了一个标准的军礼，他苍劲的动作点燃了天边的红霞。

我对着父亲也敬了一个庄严的军礼，那一刻，苍山如海，残阳如血。

逆 爱

○佛刘

七爷是个匪。

七爷原来不是匪。有一年地主逼债,娘上吊而死,七爷红了眼,在一个月黑风高之夜,七爷杀了地主一家,然后上山当了匪。

当匪的日子七爷很快活,这是一种和原来完全不同的生活。没吃的了,就去抢;没花的了,就去夺。要酒有酒,要肉有肉,要女人有女人。

桂花就是在一次抢劫中,被七爷掳上山的。

桂花吓坏了,瘫在轿子里。七爷说,你不要怕,被七爷看上,是你的福气。

桂花是大家闺秀,读过书,也见过世面。刚开始只是被吓蒙了,镇静下来后,她抱定了拼死的念头。

桂花漂亮,尤其在灯光下,更有夺人魂魄之感。七爷看呆了,他觉得桂花是他见过的最漂亮的女人了。他想,拥有了桂花,他这辈子也算没白活。

但是桂花不从,桂花说,你敢动我一下,我就撞死给你看。

七爷被桂花的气势镇住了。越是这样的女人,对他越有吸引力。

为了脱身,桂花想尽了办法,无奈七爷看得紧,桂花寸步难行。

有一天，桂花说，让我嫁给你也行，但你必须答应我一个条件。

七爷说，请讲。

桂花说，你必须明媒正娶，否则我宁死不嫁。

七爷拍拍腰间的手枪说，这好办，你定日子。

桂花说，我要先回家见一下爹娘，然后再跟你们回来。

七爷说，好办。

选了一个艳阳高照的日子，一伙人浩浩荡荡地下了山。桂花的爹娘先得到了消息，既高兴又忧愁：高兴的是女儿还活着，忧愁的是女儿要嫁给一个土匪。

就在一家人喜忧参半忙活婚事的时候，村外忽然响起了枪声。七爷的一个手下慌慌张张地跑进来说，日本鬼子已经把村子包围了。

所有的人都慌张起来。情急之下，七爷一拍腰间的手枪，大声道，有七爷我在呢。弟兄们掩护，让桂花她们先撤。

桂花看着豪情万丈的七爷，心里莫名其妙地动了一下。

七爷说，桂花，你赶快走。如果咱俩有缘分，那就打跑了鬼子我再去找你；如果没有缘分，也许就见不着面了。

桂花半信半疑地看着七爷，没想到竟是这样的结果。

七爷拔出了腰间的手枪，他大手一挥，高声说，弟兄们，保家的时候到了。

桂花凄婉地看着七爷，忽然说，你要小心。

七爷怔怔地看了一眼桂花，一股暖流涌上心头。

我们走！七爷挥了一下手臂，带着人冲了出去。

没过多久，村子里已是枪声一片。

桂花跟随着父母还没跑出去，就被鬼子追了回来。她们都被赶到村西空旷的一块土地上。桂花眼尖，一眼就看到了被五花大绑着的七爷和他的几个弟兄。桂花的心一下子提到了嗓子眼。

七爷的半边脸上都是血，好像受伤了。

一个指挥官模样的鬼子拄着战刀，来回巡视着人群，忽然回身一指七爷说，你的投降不投降？

七爷怒目圆睁，脸上的血还在往下滴答。

只要你投降了，吃香的喝辣的，皇军是不会亏待你的。

去你妈的。七爷冲着指挥官吐了一口唾沫，别看老子是土匪，可老子活是中国的人，死是中国的鬼！让老子投降，痴心妄想！

桂花看着七爷，没想到一个土匪竟然还有这样的骨气。

指挥官气急败坏，挥舞着手里的战刀。

七爷死了，七爷手下的几个弟兄也死了。

桂花和大部分的乡亲都活了下来。

桂花一生未再嫁。她说，她已成过亲、嫁过人了。

老　歪

○飞鸟

那年冬天,我随同村的钢叉去一个建筑工地打工。

工棚里,钢叉和几个人抽着烟用扑克赌钱。我掏出本小说,光线太暗了,便把书随手一扔,砸着了邻铺的人。他揉着眼支起头,我忙道歉。他没说话,又躺下了,打开收音机。有个打牌的人喊:"老歪,声音放小点,老子输钱了,小心拾掇你。"他把音量调小了。

天上的星星还未散尽,哨子声响起来。我用馒头夹根腌红萝卜,舀一碗小米稀粥。看墙外一棵削断头的梧桐上飞旋起无数叽叽喳喳的麻雀,东方泛起一溜溜的鱼肚白。饭后集合,工头开始分活儿。

我跟着一个五六十岁的人运砖头。他太邋遢了,一件半大的袄,已经看不出本来的颜色,看上去灰乎乎的;一条黑裤子,满是污垢;脚上一双旧解放鞋;头发不算长,却脏乱;胡子楂和脸上的水泥灰、油灰很好地结合了;皱纹里一双不大的眼。走起路,耷拉着脑袋,迈左边的脚身子就向左边歪,迈右边的脚身子就向右边歪,我差点笑出来。

他忽然问:"你多大了?"我迟疑了一下答:"十六。"他站住了,好像在想什么事情。工头直着嗓子喊:"老歪,快点干活去,找骂呢,还是今天的工钱不想要了?"老歪连忙快步走,身子晃得更厉害了。

装砖头时,老歪说:"你站里面些,看见戴红安全帽的过来再干,

—{ 123 }—

没人就歇着。"他装砖头的样子让我忍俊不禁。他拿起一块砖头，反复看，像琢磨一件奇特的物品，然后，再慢慢地放进车斗里，像电影里的慢镜头。他不爱说话，说话时又不看你的脸，好像是自言自语。他说："你应该上学，要不，去哪里学个技术吧，才十六啊。"

晚上，工棚里的人大都出去玩了，老歪好像睡着了，我一个人听着收音机。钢叉领一个我不认识的人进来，他走到我身边，看看老歪，老歪发出轻细的鼾声。钢叉说："想不想挣钱？"我说："这不是废话吗？"他压低声音说："明天晚上跟我们出去吧，挣大钱。"我犹豫了一下。他说："干一次，顶你在这累死累活几个月。"我心动了，说："中，就干一次，挣了钱回家接着上学去。"

第二天我干活儿心不在焉了。老歪问："病了？"我摇摇头。他说："肯定病了，还不轻呢。"我没理他。下午工头派活儿，让我和老歪去抬一个电机。电机不大，有四十来斤，我在前他在后，用一根钢管抬着，轻轻松松地走。走着走着，听见"啊"一声，我忙转身，看见老歪绊倒了，电机不偏不倚正砸在我右脚上，这下轮到我"啊"了，一阵钻心的疼。

老歪连忙用小斗车拉着我去了工地旁边的诊所。骨头没事，只是皮外伤，上完药就回来了。工头骂了他一顿，老歪一迭声地说："都是我的错，药费我拿，他的伙食费我也拿。"

晚上，钢叉他们几个出去了，天明才回来。

这天，钢叉没出工，蒙头睡觉。下午，他买回来几瓶啤酒，几根火腿肠，我是第一次喝啤酒，晕得不行。钢叉说："我分了一千多块呢，你砸着脚了，没去成，真亏啊。"我遗憾且羡慕不已，更加恨老歪。钢叉安慰我："伤好了，再跟我们干，准能发大财。"

过了几天，我能慢慢地走路了。这天上午下大雨，我歪在工棚里看书，钢叉和几个上了夜班的工友都在蒙头大睡。忽然进来几个人，

一个人威严地说:"我是警察!不要动!"几个人扑过去,摁住了钢叉。

惊醒的工友们一个个面面相觑,不知所措。钢叉戴上了手铐。几名警察架着他走出工棚,钢叉浑身筛糠,变了声调地哭喊着。钢叉大我两岁,今年十八了。我忽然浑身颤抖,牙齿咯咯喳喳地互相撞击着。

后来知道,钢叉他们那晚打劫了一个男人,那人拼命反抗,被钢叉他们踢到天桥下摔死了。我在钢叉被抓后发起了高烧,老歪送我去打了吊针。烧退后,我决定回家。

老歪一直把我送到了车上,他从怀里掏出一本书送给我,说:"坏事干一回也不中啊,我有个儿子,高高瘦瘦的和你差不多哩,警察去抓他,他吓得从六楼跳下去了。"我猛然愣住。老歪慢慢地走出车站大门,我这才回过神,已然明白了一切,不禁泪流满面。

车开动了,我打开老歪送的书,发现里面夹着沓钱,半拉烟盒纸上歪歪扭扭地写着:孩子,去上学吧。

一朵芬芳的花

〇飞鸟

初夏的一天,李航去一家私校应聘语文教员,校园里有一棵桐树,喇叭样的花朵散发着幽幽清香。

校长看了看李航的简历,又看了看他发表的小说,点点头,说:"在苦日子里还保持上进的心,我愿意给你个机会。"

从小就苦惯了,受苦不怕,上进? 李航想,也许校长指发表的小说,唉,那算上进吗? 那是在寂寞里泪水与星光的对话。

学校同年级段只有一个办公室,大而凌乱,一张办公桌就是一位老师的天地,李航旁边是英语老师赵兰,去年刚本科毕业。赵兰个子不高,扎着马尾,眼小,腮上有雀斑,但整个人很干净,透着一种安宁。

李航租住的小屋离学校很远,他开了个伙,弄些馒头稀饭吃,中午休息的时间只有一个小时,没有时间回去,只好在学校附近的小吃摊对付一顿。小吃摊上的饭啊,李航说,头疼。其实李航头不疼,是胃疼。

李航真想吃一碗软软的面条。

杨树叶子又宽又厚,闪着绿色的亮光。赵兰进办公室,杨絮挂在她的身上、头发上。李航说:"有碗面条吃就好了。"赵兰说:"明天中午,你交给我三块钱,我多做点。"李航说:"那好呀。"

赵兰租的房子离学校很近。

面条细白长软,筋道。清水煮,放进青菜、葱花、西红柿。一股香味弥漫,李航的口水直往喉里吞。

李航基本上每天中午都会去赵兰那里吃上一碗面条。

一大一小两只碗,大的是白色的瓷碗,小的是蓝色的瓷碗。李航用大碗,大口吃着面条,与对面用蓝碗的赵兰说些闲话。

俩人没目的地说话,很快,面条就吃完了,李航会在碗底见到一枚金黄的荷包蛋。什么时候开始见到的,李航忘了,似乎李航要加钱,赵兰说:"都是同事,不赚你钱了,三块钱,够。"

日子水一样哗哗流淌。

这天,赵兰依然轻轻地煮面条,轻轻地切菜,面快熟时,赵兰冲李航点点头,李航去水房洗手。每次李航洗完手回来,面条已经舀进一白一蓝两只碗里了。

李航甩着湿手从水房回来时,火已经关了,一锅面条青青红红白白香香地舀进两只碗里,却不见赵兰。

阳台上传来赵兰接电话的声音。

李航瞅瞅面前的两只碗,心里动了动,他端起蓝色的碗开始吃面条,一边吃还一边把玩,思忖赵兰回来发现换碗了,会有怎样的一番玩笑。一小碗面条李航很快吃完了,吧唧几下嘴,忽然感觉有什么不对劲,什么呢?李航拼命想,拼命想,他起身,走到那只白碗边,伸筷子进去,一搅,一枚金黄色的荷包蛋浮上来,李航愣住了。

李航轻轻走向阳台,赵兰正背对着他接电话,好像是赵兰的母亲打来的。

阳光温暖地洒下来,笼罩住赵兰,把她小巧的身子融进无限的灿烂中,像一朵芬芳的花。

李航走到赵兰身边,静静等着,等着赵兰挂电话。

赵兰微笑着挂上了电话。

李航说："兰，我以后吃面条，打算不付钱了，可以吗?"

站　笼

○飞鸟

雨城县令闻显怎么会死在站笼里,到现在还是个不解之谜。

闻显发明的站笼是由二十四根碗口粗的白蜡条(上等硬木)制成的一种四方囚笼。白蜡条根根笔直,打磨得油光锃亮;笼高两米,宽一米五,顶、底开有一尺许的方孔;笼下部放置铁尖枪或细狼牙棒,刃朝上;正面有活动门,背面上部有可更换的两小块厚木板。闻显把抓获的贼寇押进站笼,手臂背剪拉直,用铜钉洞穿手心钉在厚木板上,脚下垫上铁砖(也可烧红),阴部紧抵利刃。被站的人悲号凄惨如堕地狱。

雨城县衙大门两旁,一字排开十二架朱漆站笼,笼笼有人。百人缉捕队,个个勇壮,战无不胜,四处巡捕,耀武扬威。闻显则端坐听风楼,读几卷闲书,品两杯香茗,听一阵惨号,赏半时站笼,可谓勤勉尽瘁,呕心沥血。

不过数月,雨城县境内的盗贼,捕获一半,逃遁一半。贼寇暗传:宁去阎王殿,不去雨城县。闻显的主子六王爷派人送来亲笔信,对他送去的珠宝珍玩甚是满意。上级州府申奏嘉奖的表章也一层层地递了上去。闻显闻知后不生半点骄侈,更加勤勉勤劳。缉捕队虽然加大了出巡次数,仍然收获甚微,站笼就不免时有空缺了。这是闻显非

常不乐意的。

闻显无奈,只好把牢里的其他犯人拉来填进站笼。而且把站笼下面的铁砖也加高了一块,好让笼里人能苟延残喘。

这日,站笼又空了一个,闻显揪着半黄的髭须冷冷地问缉捕队怎么回事。缉捕队都头拱手答县境难寻犯法之人。闻显晃了晃尖脑袋,用手指指那个空站笼,说:"真的吗?那你进去。"都头吓得浑身筛糠。忽然闻报,说是有个叫刘二的人在东街捡了个包袱,内有破衣数件,都头说:"刘二分明是偷盗,看没什么钱物,诈称捡的。"闻显微笑点头。都头说:"把刘二那个盗贼抓捕归案,押进站笼。"

闻显被朝廷评为了"大清杰出县令",接到了吏部的嘉奖令,他心花怒放,暗道:此时站笼更不可空缺。他走出衙门,看见竟然有一个站笼空着,不由勃然大怒。都头面如土色,忽有人来报,说有一个孩童,偷拔了邻居家的蒜苗。闻显听后,眼前一亮,说:"小小年纪就敢偷蒜苗,长大些就敢偷人钱物,再大些就敢杀人放火,成人后就敢欺君造反,趁早站了吧。"于是,一个九岁的孩童站进笼里。

只要有站笼空了,闻显就会浑身不自在,像生病了一般。缉捕队害怕被闻显拉去充数,就罗织罪名到处抓人,凡是和他们往日有一丝仇隙的都被站了笼,又有人出钱雇他们害人,一时间雨城县乌烟瘴气、人人自危。闻显不在乎这些,只要站笼没空就行。

这天闻显着实快慰,站笼没有空缺,他又接到六王爷的来信,获悉不日他就要升任四品官职,再以后……哈哈哈,闻显笑出声来。他换上便装独自去醉仙楼痛饮了几杯。

闻显醉酒回来,暮色四沉。此时正值中秋时节,少有的酷热。乌云蔽空,树梢入定。县衙前一溜十二架朱色站笼,杀气腾腾,煞是喜人。忽然,闻显极为不快,气咻咻地皱起了眉头。他醉眼迷离地看见靠近衙门口的一个站笼空空如也。这可不行,站笼怎么能空着呢?

闻显嘟嘟囔囔地进了门。

当夜,雨城县下了场罕见的暴雨,电闪雷鸣咆哮肆虐,让人胆战心惊。次日清晨,雨止天晴,有当值衙役巡视站笼,看见靠近衙门口的那个站笼里站了个穿官服的人,大吃一惊。衙役斗胆走近,只见那人面色铁青,早已气绝身亡,待看清那人的面目,衙役吓得连声惊呼,原来站笼里那个穿官服的人正是雨城县令闻显……

妈妈的桥

○高沧海

我跟妈妈隔河而居，临水能相望。

但是我到对岸去，绕上游那座最近的大桥，也足足要有三十多公里。冷冷的堤岸上，过了一片黑暗树林，依然是望之不尽的树林，中途，会有几座零落破败的坟茔在古老的橡树下歇脚，老鸦在破落的日头里"呱"的一声，心中顿时杂草丛生，长出大片大片的毛毛刺刺。从下午走到黑天，黑天了，妈妈的家，还在远处！

每当我骑着自行车汗流浃背地去看望妈妈，妈妈总是说："在我们之间，若有一座直直的大桥，那有多好！像这样春天的长日，我吃过晚饭，过桥去看看我的外孙，回来一定不黑天。"

一进入夏季，妈妈涉水来看我了，她说，河水浅浅的，刚没过脚踝。妈妈一定在河水里洗过脸，几粒清凉的小沙子，贴着她的皮肤，闪着银色光芒。

想妈妈了，我也提着鞋子涉水去对岸，经过沙滩和小溪流，穿过花丛和鹅卵石，回头看堤岸上烟柳蒙蒙，已走出好远好远。

前面蓦然出现一条宽阔的河道，是河水的主干流。河水跟妈妈说的一样浅，脚下的沙子柔软得像风一样，成群的小鱼从脚面上游弋。继续走下去，依然看到水底的沙子荡漾着波纹。河水浸湿我的

裙子,我有些惊慌,但看看前面更为宽阔的沙滩,沙滩过了就是妈妈的家,我鼓足勇气往河水的中央走去。

当我的裙子在水中飘了起来时,我感觉到我也飘了起来,幽蓝的水在四周荡漾,无边无际。我的身体在远去,我的叹息也在远去,一切都悄无声息……

后面过河的人救了我,辗转送到妈妈家。我的双手依然紧紧攥着我的鞋子,妈妈搂住我号啕大哭。我不知道,上游连续降雨,河水已深了许多。许多到对岸讨生活的壮壮的汉子过河时都要搭伙成群、相扶相携,何况我一个轻飘飘的女伢。

"在我们之间,有一座桥,那有多好!"惊魂未定,妈妈伤心地说。

妈妈病倒了,她躺在病床上握着我的手说:"女伢,你看到没?村里来了好多生人,扛着那些东西量来量去,八成是要建大桥。"

巨大的挖掘机和推土机浩浩荡荡开进村庄的大道,妈妈支撑着瘦弱的身体走上大街,她仰脸问:"是要建桥吗?"司机在轰隆隆的声响里摇头,俯下身大声告诉她:"我们要把这里变成城市和花园!"

陌生的人走了又来,昔日的村落荡然无存,这里已变得跟城市一样,跟花园一样。世界上最大的橡胶坝已经在附近修成,大桥却连一点迹象都没有。病重的妈妈坐在那年的月季花下叹息:"怎么就没有一座桥呢?"

"这儿一定会有一座桥。"妈妈说。她的目光穿过深邃的时光,向窗外看去。姹紫嫣红,那是病中的妈妈生命里最后一年的春天。春天的风卷起漫天的柳絮。我想,妈妈心中所盼望的桥,应该是一座蓝色的大桥吧,和晴朗的天空一个颜色,和梦一个颜色。

妈妈去世后第四年,春天,我绕上游的青城大桥到对岸去,我惊讶地发现,在离妈妈家不到两百米的地方,滨河路边赫然立着一块大牌子——青城大桥筹建处! 我的目光越过如时光一样流淌的河水,

在五千米之外的对岸定格,那儿直直的就是我的家!

车载 CD 里音乐缓缓地响起,苍凉的歌声萦绕在耳边——

我只有伫立在风中

想你……

我眼里有滚烫的泪水流下,一直流到心里。

我依稀看到,妈妈隔着经年的光阴走过来,她对我说:"像这样春天的长日,我吃过晚饭,过桥去看看我的外孙,回来一定不黑天!"

树

○高沧海

老婆婆本来有很多房屋，她的年龄看上去也应该有儿孙一大群，但是她的房屋空荡荡的。她的丈夫在很年轻的时候就死去了，空荡荡的房屋不停地坍塌，只为她留下了两间遮风避雨。

院落里有一棵古老的橡树，今年的春天，当樱花都开了的时候，橡树却并没有像往年一样长出碧绿的叶子。

老婆婆抚摸着粗糙的树皮对它说："现在，连你也老得死去了，我只能独自活着。"

"梆梆梆"，像是啄木鸟在啄空洞的木头，有人在敲门，是一个长着绿胡子的木匠，他的胡子就像往年橡树上长出的碧绿叶子，说："婆婆，我路过这里，想讨一口水喝。"

喝过水的木匠，打量那棵死去的橡树，他说："婆婆，就这样让它站在这里，可惜了，您难道没有想过，它可以做成您百年以后安身的寿材？"

婆婆连连点头，难道不是吗，这棵橡树活了这么久，似乎就该有一个木匠出现了，何况还是一个长着绿胡子的神奇的木匠。

木匠叮叮当当地开始工作了，他是那样认真，以至于当夏天都已经过去，他的工作才刚刚完工。他在阳光下给做成的木头涂抹桐油，

他说:"婆婆,你听,你听,这木头唱歌的声音有多好听!"

这棵橡树长得太粗大了,以至于做好阔绰的寿材后,还余下很多的木头。长着绿胡子的木匠没有把它浪费掉,他叮叮当当地继续工作,他给老婆婆做了一扇新的木门,这样老婆婆就再也不用担心当大风刮来的时候,她的门会像一片叶子一样被吹跑。破旧的窗棂也被崭新的木头代替,老婆婆夜里睡觉的时候,嗅到了清新的木头的香气。

还有最后两块木头,长着绿胡子的木匠给鸡棚搭上了一个漂亮的木头屋顶后,冬天已经来了。

木头的碎屑被放在火盆里燃烧,被耽搁了行程的木匠一点也不显得匆忙,他的绿胡子在第一场大雪降临的时候,在火盆温暖的光焰里,更显得翠绿,像树上拱开积雪的一根根新枝。

大雪持续地下着,覆盖了田野和村庄,樱花的树丛顶着雪絮,就像是在春天里开放的花瓣。老婆婆就在这个冬天、火盆里燃烧着温暖的夜里、木头的清香里,想起她年轻时,他们有好多房子,他们还将会有好多孩子。樱花盛开的时候,她年轻的丈夫种下一棵橡树。

第二天清晨,老婆婆死了。她无忧无虑,干净而结实的寿材正等着她。

绿胡子的木匠走了,而大雪一直在下,埋藏了他的脚印,没有人知道他要去哪里寻找下一棵树,或者他本来就是一棵长着碧绿树叶的树,谁知道呢?老婆婆最后的房屋在夜里倒塌了。白雪覆盖下,这里空荡荡的,连一棵树也没有了,白茫茫的,就好像谁都没有来过。

偶　　然

○高沧海

　　赵飞燕显然是被那条小狐狸图案的项坠给迷住了,我说她,做狐狸精也不见得非要弄个标签贴在身上昭告天下是不是? 营业员从柜台里托出一盘珍珠项链,她提议,你们这个年龄段的女士,佩戴珍珠更显雍容华贵。赵飞燕一双秋水眼顿时睥睨出股邪气,我们这个年龄段是哪个段啊? 七老还是八十?

　　人家又不是瞎子,如何看不出此等下架美人的端倪? 笑一笑,暗地里做一回去掉十几岁的减法,只明月清风地答一句,二十七八不超三十岁的年龄段啦,我不会看错!

　　流光乍然倒退,红了樱桃绿了芭蕉,成果是,赵飞燕把个狐狸的项坠挂在胸前而不再跟价格计较。她挑起一根珍珠项链挂在我颈上说,亮白颜色最配你这身浅灰旗袍,真是雍容至极。我看看价格,说太贵了。

　　营业员又把另一盘珍珠项链托出来,她说,母亲节到了,这几款打折后价格适中,最宜送给母亲做礼物。

　　赵飞燕说,我花了这么多的钱,你若一毛不拔,我这心里就不平衡,以后咱俩就不能再一起逛街! 你的母亲去世了,不是还有婆婆吗? 你就送你婆婆一回珍珠项链,多少花一些。

我迟疑,赵飞燕扯着我的旗袍说,这个是千千银子买来的吧! 她又把我的手机扔到柜台上说,这个破苹果也是! 她又按我鼻梁摸我的脸说,这些假的更贵! 我拨拉开她的手,摁塌了碰歪了算谁的?

赵飞燕把那个漂亮的装着珍珠项链的红锦盒塞进我包里,说刷卡去吧,连个零头都算不上的。

回到家,小孩子吭哧吭哧说,妈妈,你要给我三十九元钱。拯救地球哪能够呢? 我给了他五十元钱。他竟然给我带回一个眼影盒! 他说,祝妈妈节日快乐哟! 妈妈的眼睛上擦了眼影,会跟仙女一样。当然剩下的钱他没有上交仙女,自己买了一盒冰激凌。

我把红锦盒给他,说是送给他奶奶的礼物。

小孩子欢呼雀跃而去,又欢呼雀跃而来,他说,妈妈,奶奶要给我钱。我不能要,我知道,妈妈送出去的礼物是不能收钱的哟!

可是婆婆自己来了,她站在门口悄悄问老公,樱子在家吗? 我躲在卧室里不愿出来,原来跟老公说话,婆婆都是以“她”来代替我的名字。老公喊我,樱子,妈妈找你说话。

婆婆脸色红红地站在那里,她说,樱子,项链我收下了,钱是一定要给你的。我的脸也红了,我说,妈妈,项链是送给你的,我不要你的钱。

第二天下午我回家时,看到婆婆正跟一帮老头老太太坐在花坛边上谈笑风生,婆婆黑黑的颈上正挂着那串雪白的珍珠项链。没有了土地,但是土地赋予她身上的印痕还随处可见,并且永不消退。我有些后悔,原本可以挑个颜色深暗一些的项链给她的,也不至于黑黑白白如此分明,如此不适宜。婆婆伸手拦在我车前,我降下车窗,她转过来小心地探下身子对我说,樱子,停好车就来家里拿包子吃,萝卜肉的哦。

我去时,婆婆已经把包子装到袋子里。我提了要走,公公说,呵

呵,不忙走。正热乎,先吃一个垫垫。

我便在小板凳上坐下吃包子,婆婆倒了一杯水放在我面前。

吃过了,我起身,婆婆说,再拿一个包子吃着走,吃着走着就到家了。

赵飞燕的电话打过来了,我含混不清地说话,她问我做什么,我说吃包子。她吃惊地说,娘儿们,大庭广众下,你走在街上大嘴吃包子,难道饿着你了吗?然后她哭了,她说你看你看,我的脸被狐狸精抓破了,这破世道!

老公吃了包子,仰在沙发上,说,终于又可以吃妈妈做的包子啦!

他起身,找他的皮包,樱子,老婆,买珍珠项链花多少钱?我十倍物质犒赏,百倍精神奖励!

我不好意思说,真的不好意思说,那条项链太便宜——就像赵飞燕说的,连个零头都算不上。

阻止一件谋杀案

○王立强

冬二对谁都一脸和气,冬二是个老实人。

但老实人冬二现在不老实了,老实人冬二说,俺要杀人。

那狗娘养的再不给钱,俺杀他全家。

冬二的声音像失传多年的狮子吼,震得饭桌上的酒杯摇摇晃晃。

我劝他,兄弟,说归说,莫要杀人,杀人是要偿命的。

偿命也杀!冬二把上下两排黄牙咬得咔咔作响。吴大雄简直不是人,他欠俺三千块,三千块呀!有了三千块,俺就能让俺娘住进医院,好好治治她那胃病;有了三千块,俺就能让家里的小三儿去镇上读书,不用辍学去放羊;有了三千块……

冬二突然住口,咕咚咕咚把酒喝下去。俺要去买刀。冬二腾地直起身子。

我赶紧把他拉住。兄弟,听哥一席话,莫要冲动。

冬二不依,吴大雄这狗娘养的,俺今晚非宰了他。

我说你要钱可以,方法不对,该去告他。

告?告个屁!冬二双眼睁得铜铃大。那家伙关系硬着哩。

眼看劝不住,我就说,你要走可以,得先陪哥哥把酒喝完。咱俩才喝两杯,你就离席而去,不是没把哥哥放眼里吗?

冬二闻言，气呼呼重又坐下。那咱快喝，等喝完酒再取他狗命。

三杯过后，冬二烂醉如泥。

我掏出手机，给吴大雄打电话。

老吴啊，我有个事想请你帮忙。

那边打个哈哈，大学同学，有话尽管说。

人家冬二的工资你啥时候发？

这个，这个吗……我最近手头有点紧。

我一听这话来气了，我说你当了老总心就变了是吧？这冬二是我一个村的，他可什么都干得出来。

得了吧，就他那熊样！电话那头充满鄙夷。我实话跟你说了吧，我现在就是有钱也不给他们，我给了他们谁还帮我干活？老子就是靠工钱才把链子套他们脖子上的。老子挣钱也不易啊……

挂了电话，我出门打个的，把冬二搬进家里。

妻子小芳看见冬二，脸"唰"地变了颜色。你把个醉汉搬家里干啥？

我说，这是我兄弟，从小光着屁股一块儿长大。

瞧他那熊样！小芳捏着鼻子，好像看见一只大头苍蝇。

我说，这小子要杀人。

啥？小芳尖叫起来，你把杀人犯抬咱家？

还没杀呢，不是杀人犯。我向她解释。

那他要杀谁？

吴大雄。

为啥？

我叹口气。那家伙欠他三千块，怎么都不还。这小子喝了两杯酒，非要把吴大雄砍了。要不是我把他灌晕，他傻事就做下了。

小芳倒吸了一口凉气。

第二天一大早冬二就醒了。他问我这是哪儿，我说是我家。冬二又问我咋到了这儿，我说你喝高了，哥哥不能把你撂酒馆儿呀！

冬二脸有些红，不好意思地说，我昨晚没闹事吧？

我说没，挺老实。

冬二临走时再三道歉，说自己以后再也不喝酒了，免得给人添麻烦。

我再一次见到冬二大约是一个月后的某个早晨。那天我和小芳刚要吃饭，就听到一阵急促的门铃声。

冬二满脸堆笑，手里拿着张报纸。大哥，看今天早报了吗？

我摇摇头。

冬二把手里的报纸指给我看。看，你看呀，吴大雄那狗日的死了。

啥？怎么死的？

被我工友王小鱼杀了。王小鱼喝了点酒，把吴大雄脑袋剁了。想不到那小子平日里连口气都不敢大声喘，喝点酒竟能干出这惊天的大事儿。老天有眼啊！

我怔了半晌，不知道说什么好。

老　大

○王立强

　　我上初中的时候,《古惑仔》大行其道,学校里盛行拉帮结派打群架。那时候我的成绩常年位居班里倒数第三,就和倒数第一、倒数第二成立了一个帮派。倒数第一因为腰粗臂圆被奉为老大,倒数第二因为鬼点子多被奉为老二,我没啥特长,成绩又最好,就做了老三。帮派成立后,我们到处惹是生非,我们的张扬惹怒了瘸子李。瘸子李是外校转来的,据说在县城捅过人。这家伙身材矮小,左脚还有残疾,但是打起架来不要命。学校里的其他小痞子对他都很服气。老实说,我们谁都不想招惹瘸子李,但是瘸子李欺人太甚,竟然自己找上门来。

　　那天下午放学后,我和老二到操场上踢球,瘸子李带了一帮人把我们围了起来。瘸子李说,听说你们最近很牛!瘸子李说完一巴掌扇向老二,老二的脸上立马出现五道红印子。瘸子李招呼一帮小痞子,上!一群人围着我们又打又踢。

　　我身材矮小,力气又不大,平日里仗着老大撑腰飞扬跋扈,离了老大,跟人真刀实枪干起来,只有抱头鼠窜的份儿。老二也是只会耍嘴皮子的主儿,眼见形势不妙便想溜之大吉,可是哪里跑得了呢?几个小痞子摁住我们,瘸子李把一双臭脚踩在我们的脸上,叫嚣着说,

想在咱校混，得问问我同意不同意。

这件事过后，我和老二对瘸子李恨得咬牙切齿。跟老大汇报过被欺负的事后，老大也咬着牙说，这个仇必须得报！经过紧锣密鼓的商量，一条妙计被老二设计出来。

这周六下午放学后，瘸子李照旧从学校北门出来后往镇上的汽车站赶。他家在县城，每周末都要乘车回家。汽车站距学校三里地，中间还要经过一条小河。我和老大老二提前埋伏到河边的芦苇丛里，等到瘸子李走近，我们三个迅速冲了上去，老大一脚便把瘸子李踹倒在地……

那天瘸子李很狼狈。老大打得他嘴角出血，逼他求饶，还让他喊我们"大爷"，可是瘸子李挺硬，愣是不说一句软话。我们教训了他一顿后，各自回家，途中三个人暗暗商定，以后要尽量在一起活动，免得被瘸子李各个击破。

到了第二周的周一，瘸子李果然来寻仇了。下午刚放学，瘸子李便带人把我们三个堵在教室里。瘸子李这次带了八九个人。他指着老大对我和老二说，今天我就收拾他，没你俩的事，你们赶紧滚。我和老二面面相觑。倒是老大仗义，老大说，你俩先撤。老二见势不妙冲我使了个眼色，说，我们先出去。我说我不走。老二又小声说，我们出去搬救兵。这话听起来有几分道理，我就跟老二跑出了教室。临出门时，瘸子李往我屁股上踹了一脚，骂道，没出息的东西！

我和老二逃了出去，可是，去哪儿搬救兵呢？找老师？那是汉奸才做的事情。报警？指不定我们都要被抓。找帮手？同学都走了，去哪儿找？

万般无奈，我跟老二说，二哥，我们还是回去帮帮老大吧。

帮个屁，回去就是挨揍的命。

那我们这样也太不够意思了。

瘸子李有多狠你又不是不知道！

我们两个偷偷地溜到教室后面,想侦察一下敌情,却只听到教室里噼里啪啦的打斗声。

在确认瘸子李已经走了后,我和老二到教室里救起了老大。老大说,我的腿断了,他们也不好过……

第二天,学校知道了这次打架斗殴的事。因为瘸子李和老大劣迹斑斑,校方便各打五十大板,借此由头把两人双双开除。我和老二没有直接参与,幸免于难。但是我们的心里都不好受,因为我们没有跟老大一样讲义气,他为我们出头,我们却抛弃了他。

几天后,我和老二去老大家看他。老大的母亲一边抹眼泪一边抱怨,这么小就不上学了,以后能干点啥?老大的父亲蹲在院子里,一个劲抽闷烟。我和老二站在老大的床前,不知道怎么安慰他好。倒是老大先说话了,老大说,该弄死那狗日的!

自那以后,我和老二都变得本分了。老大的父亲后来几次托人想把老大重新送回学校,但都被校方拒绝,老大便跟着自己的父亲侍弄起蔬菜大棚。

一晃几年过去了。去年腊月,我在镇里的大集上见到了老大。一杆秤,一车菜,两句吆喝。老大的身板愈加魁梧。我想走过去跟他说几句话,却又不知道说什么好。现在,我已经在大城市里生根发芽,衣冠楚楚,可是当年的老大,却因为打架事件成了一名地地道道的菜农。

为避免尴尬,我假装没有看见他,从人群里挤了过去。走出十几米,忽听到身后一片吵闹声,原来是一个小青年跟老大在吵架。小青年怪老大的菜要价高,嚷嚷着要他退钱,老大不厌其烦地跟他解释。忽然,小青年把买来的菜恶狠狠地摔在地上。小青年身材瘦小,我真为他捏一把汗。老大的脾气和力气我是知道的,如果老大被激怒,这

小子肯定吃不了兜着走。令我感到意外的是,老大非但没动手,反而赔着笑脸把钱退了回去。

小青年骂骂咧咧地走了。老大开始收拾散落一地的菜叶。我正琢磨老大啥时候变得这么没出息时,老大忽然抬起头向我这边看来,我忙背转身,一溜烟跑了。

游戏与阴谋

○王立强

杜小明跟我说,兄弟,我杀人了!

杜小明跟我说这话时,我正在办公桌前品一杯"雨后龙井"。杜小明是我的同事。在这十几平方米的办公室里,我俩相依为命了三年。为了排除无聊和寂寞,杜小明经常跟我开玩笑。这对我来说早已是习以为常的事。

我抬起头,微笑,然后说,看在咱兄弟一场的分儿上,我不举报你,你自首吧!

杜小明一本正经。小赵,我没有骗你,我真的杀人了,我把我老婆的情夫杀了! 得了吧! 我不屑地瞥他一眼,就你老婆那样,要能找到情人,鸡毛都飞上天了。

杜小明有些急,他撸起袖口,不信你看,这就是那狗东西反抗时给我抓的。我抬头一看,果然,他左胳膊上有道蛇皮样的抓痕。

我说,你这又是要演哪出戏? 苦肉计都用上了!

杜小明说,我忍他很久了,三年前我就知道那家伙经常到我家偷腥,可你也知道,我胆儿小啊,我不敢跟他一对一,又不好把这事儿跟别人说,就只能睁一只眼闭一只眼。可昨晚,你猜怎么着,这狗东西竟然在路上被我给撞了。

我听他讲得煞有介事，就附和着问，这么说，是你把他撞死了？

没有，杜小明摇摇头，你也知道，我骑摩托车向来不敢太快，只是把他腿撞折了。

后来呢？我问。

我本来想一走了之，可那家伙认出我了，就躺在地上大骂，说我是个王八羔子，自己老婆被他上了，就来打击报复，还说我暗算他，不算个男人。我一听急了，就跟他扭打起来。那家伙腿脚不利索，可劲儿还挺生猛，我就捡起块儿石头往他头上砸去。

杜小明说到这里，我看到他眼里已经涌出了泪花。

杜小明接着说，其实我本来没想杀死他的，我只是想教训教训他，可没想到……唉……兄弟，我好后悔啊！

听了杜小明声情并茂的一番诉说后，我有些动摇了，莫非这小子真杀了人？

我问他，你把尸体藏哪儿了？

云雾桥西边，往南两百米左右。我杀了他之后，见四周无人，就把他拖到护城河边，回家取了把铁锹，挖个坑，把他埋了。

铲放哪儿了？

扔进附近的护城河里了。

摩托车呢？这可都是作案工具。

杜小明双手捂住脸，像是突然又回到了那个恐怖的时刻。我把摩托车推进楼下的地下室，他说，想想都害怕，车前轱辘上还有血迹呢！

杜小明说到这里，他瘦小的身材都有些颤巍巍了。我愈发相信这故事的真实性。就安慰他说，放心好了，我会给你保密的。

杜小明感激地点了点头，现在，我只能远走高飞了，小赵，你是我最要好的朋友，我走之后，麻烦你照顾好我的老婆，虽然她品行不端，

可我还是深深地爱着她。

见我很悲哀很沉痛地点头之后,杜小明又说,以后咱们就天各一方了,兄弟,你多保重!我既感动又紧张,"嗯嗯"地答应着。

杜小明临出门时突然又回头说一句,小赵,你要相信,我真的杀人了!

当天晚上,我报了警。

第二天,杜小明就坐在了派出所的审讯室里。

说我杀人?别开玩笑了!杜小明一脸蔑视地看着警察 A。

警察 A 说,你的同事小赵带来一盘磁带,上面有你们昨天的所有对话。

那都是假的,杜小明哈哈大笑。我老婆喜欢做游戏,前天晚上,她说要跟我一块儿编个故事给小赵听,让他相信我杀了人。你猜怎么着,那傻小子竟然真信了。杜小明笑得眼泪直流。

警察 A 没有笑。警察 A 看着杜小明,一字一顿地说,云雾桥西往南两百米,发现一具被掩埋的尸体。经初步检验,受害人是先被摩托车撞伤,后来遭重物击打后脑勺致死。

杜小明怔了,真的?

警察 A 说,少装蒜,把作案过程重新交代一下。

杜小明急了,我没杀过人,我交代什么呀我?那些话都是我老婆教我说的,她说只有编得细致些,才能让小赵相信。我只是随口一说,哪里想到世界上会有这么巧的事儿?

还有更巧的呢,警察 A 说,根据录音带里你们的对话,我们已经从河里打捞出了你掩埋尸体用的铁铲,而且在你家的地下室里找到了肇事的摩托车,车前轱辘上仍沾有死者的血迹。

杜小明这下真傻眼了,他哭着说,警察同志啊,你可不能冤枉好人,我杜小明踩死只蚂蚁都瘆得慌,哪敢杀人?再说,我跟人无冤无

仇,我也没作案动机啊!

警察 A 冷笑一声,录音带里交代得清楚,因为那人是你老婆的情夫。

杜小明直喊冤枉,说自己的老婆长得丑,根本就没有男人能看上她,哪里来的情夫? 可是如今的杜小明已是百口难辩,怎么也说不清了!

几天后,我去牢里看望他,他又蹦又跳地冲我喊,小赵,我没杀人啊,我真的没杀人!

我当然知道他没有杀过人,可是,牢狱里的杜小明是怎么都不会想到的,其实,他的老婆真的有个情夫,那个男人就是我。而河边的死者,正是我带着杜小明的老婆约会时撞伤并谋杀掉的。

那年那人那信

○高雁鸣

我收到了乡邮递员送来的一封挂号信,把信拆开,从头到尾一字不落地看了一遍,这封信的字里行间流露出深深的自责与忏悔。

那是在我二十二岁那年的初夏,我从二营营部借调到团政治处。据营长透露,我属干部苗子,上级有可能任命我为二营营部的书记员,团政治处的杨顺太主任打了个"埋伏",提前把我"挖"到政治处。临走时,营长紧紧攥着我的手说:"小张,海阔凭鱼跃,天高任鸟飞,在大机关里好好摸爬滚打,施展你的才华,将来会有大出息。"营长的一番话让我荡气回肠,热血澎湃。

自打我到了政治处,政治处的姚干事就从材料堆里"解放"了。政治处是出材料的地方。姚干事写的材料我看过,太缺乏新意。开始,他老是写好后要我帮他"润色",后来干脆就不写了,领到任务就推给我。我帮他写好后,他总是跑到团里小卖部买上几包好烟犒劳我。我说姚干事你别客气。姚干事总是笑着说没事,你是拿津贴的,我可是拿工资的呀。我们关系处得相当好。

"小张,找对象没有?"姚干事两眼笑成一条缝问我。"还没呢,"我说,"家里穷……""没找好哇,"姚干事说,"将来有机会提干了,咱找个城里'烫发头'的姑娘。"姚干事是 1975 年的兵,1979 年提干。当

兵之前在农村老家找了个"大辫子"对象,提干不长时间,就把"大辫子"甩了,托人在郑州找了个"烫发头"。

姚干事与郑州的那个"烫发头"爱得如胶似漆,一日不见,如隔三秋。书信频繁得像织布梭子一样。姚干事星期一寄出一封信,星期五准时收到"烫发头"的回信。很有规律,雷打不动。

问题就出在这信上。

趁工作不忙时,我试着写了一篇小说寄给军报。谁知,军报居然很快寄来采稿通知单,要在周五副刊上刊登。星期五那天下午上课时,我急急忙忙跑到一里开外的团收发室去取政治处的报纸。我迫不及待地将当天的军报展开,副刊上果然用了三分之二的篇幅刊登了我的小说。我匆匆地把姚干事那个"烫发头"的来信夹在政治处的十几份报纸里,往腋窝里一夹,两手展开军报,一边看一边往回走。等把小说看完了,好像突然想到了什么,忙把腋窝里的一沓报纸打开——糟了,姚干事的信不见了!没来得及多想,我便顺原路一溜小跑找回去,连信的影子也没见着。我不死心,重新从收发室那头往回走。在路上左瞅右看,连路边的草丛我都搜寻到了,最终还是没找着……我沮丧地回到政治处,迎面碰上姚干事。姚干事乐呵呵地伸出一只巴掌:"小张,快把信给我。"

"姚干事,信……我……"我不知如何回答。军报发表我小说的那股兴奋早已荡然无存。"咋啦?信呢?"姚干事狐疑地催促道。

"对不起,姚干事,信丢了。"

姚干事半信半疑地凝望着我,微微一笑:"小张,你偷看我的信啦!说,是不是?""姚干事,你……"我急得差点喊出来。我没想到姚干事会这样说我。要知道,私拆他人信件是违法的呀。

姚干事拍拍我的肩,又乐呵呵地说:"好啦好啦,我跟你开个玩笑。"说完转身离开。我知道,姚干事此时比我还难受。我还知道,他

难受的不是信丢了,而是怀疑我拆了他的信。

　　果然,第二天上课,我们政治处的杨顺太主任在点名之后说:"以后,咱们政治处的报纸、信件的收发工作要专人负责,件件要有登记。尤其是上级的机密文件……"一连好几天,我觉得政治处所有的同志都用异样的目光看着我。好像他们的信都被我弄丢过或偷拆过。我想起临来政治处时杨主任说的"千万别出什么差错"那句话。这算不算差错呢?那天晚上,我硬着头皮去找姚干事,请他原谅、宽容。姚干事像什么事也没发生过一样,两眼笑成一条缝,乐呵呵地说:"小张,没事,不就是一封信嘛。别往心里去。"从姚干事屋里出来,我又踽踽地到团部家属院去找杨主任。杨主任特别热情地把我让在沙发上,又让我坐着别动,给我倒了一杯茶:"咋样小张,到政治处来还习惯吧?"我说可以,领导和同志们对我挺关照的,工作起来也很顺心。杨主任说:"这就好。工作是一方面,还要注意一些生活细节。比如在团结同志方面……"我想跟杨主任解释一下那封信,可话到嘴边又咽了回去。

　　半年后,部队提拔了一批干部。原本"干部苗子"的我名落孙山。我从二营营部借调到政治处之后,营部的通信员小刘被任命为二营营部书记员。一个星期天的下午,小刘穿着四个兜的军干服,神采奕奕地到政治处来找我。见了我第一句话就问这次提干怎么没有我,我不置可否地摇摇头,苦涩地笑了一下没吭声。小刘用有些惋惜的口吻说:"听小道消息,打明年起部队提干制度要改革,不再从战士里边提了,要从军事院校分配,你以后……"

　　我想说听天由命吧,又想说我真不甘心呀。

　　我复员后回到了豫西一个偏僻的小山村。从上学、参军到复员回乡的这番轮回,我重新站在了人生的起跑线上。父母亲张罗着给我找了个"大辫子",接着拜堂成亲,生儿育女。再接下来便是俯首为

牛,躬耕劳作。

光阴似箭,日月如梭。眨眼工夫二十多年过去了。我刚刚收到的这封信是当年部队的姚干事寄来的:

小张:

　　你好!

　　首先,请允许我真诚地向你致歉。因为我的过错,改变了你人生的轨迹,改变了你的命运。

　　当年在部队时,那封信没有丢。二营一个姓刘的通信员去收发室的路上捡到后,当天晚上把信还给我了。我没有在当时及时告诉你,更没勇气向领导和同志们解释,以致后来组织上讨论你提干的问题时,因你"私拆他人信件",把你的资格取消了。直到你临复员时,我才把事情的真相告诉了杨主任。杨主任狠狠地把我批了一顿……

　　从你复员回家的那天起,我的良心一直受着谴责、折磨与煎熬。我今天把真相告诉你,希望能得到你的原谅。

　　在报纸上看到你发表的小说,我马上与编辑部的同志联系,打听到了你的通信地址。

　　　　　　　　　　　　　　　　　　　　　　姚　即日

　　看完姚干事寄来的挂号信,我犹豫起来,不知道该不该给他回信。因为我也知道那封信没丢。二营的小刘提干后到政治处去找我时,闲谈中他告诉我,他捡到过姚干事一封信……我一直以为姚干事会亲自告诉我,宽慰我,甚至给我道个歉,我等啊等,可他……

　　还是给姚干事回封信,报个平安吧。

处　警

○高雁鸣

　　老王警察带着小王警察外出办案子。小王警察是分来不久的警校毕业生,老王警察就成了小王警察的师傅。

　　老王警察这是第一次带小王警察处警。驾驶着所里的那辆破吉普车,老王警察一脸的严肃,坐在一旁的小王警察感到很好笑。心想,不就是一桩小小的盗牛案嘛!

　　"来,师傅,放松一下,抽支烟。"小王警察掏出一支烟递给老王警察。老王警察正聚精会神地开着车,用胳膊肘把小王警察的烟挡回去,道:"你抽吧,开车时不能抽烟。"小王警察就又感到好笑,便把烟叼到嘴里,刚要点燃,觉得不妥,又将烟收起来。

　　吉普车在山路上颠簸着行驶,车屁股后掀起一股一股的狼烟。

　　案子发生在五十里开外的旮旯湾。今儿个日头一竿子高的时候,旮旯湾的罗金宝打电话报警说,他家养的一头母牛和一头小牛犊昨夜里被贼人"牵"跑了。一家老小紧急出动四处搜寻,顺着牛蹄子印找到了筷笼湾的胡传魁家,见他家的母牛就在胡传魁家院里那棵歪脖子枣树上拴着,小牛犊正满院跑着撒欢儿哩。罗金宝说胡传魁这人老犟筋,不让俺进家门,你们快来帮俺"牵"了吧。事不宜迟,老王警察请示所长,所长说你带小王去吧,连牛带人都给我"牵"回来。

"师傅,你认识胡传魁不?"小王警察问老王警察。

"认识,和《沙家浜》里的胡传魁一个名。"老王警察道。

"这人咋样?""五十多岁了还没娶上媳妇,阿庆嫂那话,草包一个。""那他还敢偷人家牛?""要不咋说他是个草包哩。""是,有本事偷却没本事不被人发现。哎,师傅,你说说,这偷牛咋样才会不被人发现?""你想干啥?""不干啥,就想问问。""嗯……狡猾的小偷都把牛蹄子用布包着。经我手就破过两起这类案子,这叫狐狸再狡猾也斗不过好猎手。""师傅,你就瞧好吧,看我到时咋治他,在警校学的擒敌拳还没派上过用场呢。"

老王警察嘴角牵动一下,没吭声。

天就快晌午了。出乎小王警察意料的是,老王警察并没直扑筷笼湾胡传魁家,而是曲里拐弯地把车开到老村长的家。

老村长不在家。老村长的婆娘手搭在额头上遮着刺眼的毒日头迎上前来,搭讪道:"我说眼皮咋直跳,原来是鬼子进村了!"老王警察道:"我咋没看见你眼皮跳哩?"村长婆娘说那是你相离太远,近了才看得清。老王警察摆摆手说,就你长那样,走近了还不把人吓死?我怀疑俺哥小时候脑袋让门挤住过,要不咋会看上你?村长婆娘说你脑袋没挤住过,俺不一定看得上。哈哈哈……俩人一通大笑。

站在一旁的小王警察急得直抓后脑勺。师傅这是咋回事?咋不赶紧去抓人?

"师傅……"小王警察刚要开口,老王警察问小王警察道:"小王,你会下棋不?"小王警察说会,就是下不好。老王警察就招呼村长婆娘,拿棋来,我们师徒俩过过招儿。

小王警察极不情愿地在既是饭桌又是棋桌旁边坐下来,没精打采地摆放着车马象士炮。老王警察吩咐村长婆娘,今儿中午还吃鸡蛋臊子捞面条,蒜泥儿里别忘放十香菜! 小王警察很纳闷,咱来抓人

哩,怎就有闲心下起棋来了呢?师傅唱的这是哪一出儿哇?烦躁着"啪"地支起当头炮,老王警察叫声跳马。正在这时,老村长回来了。

老王警察撂下棋子快步迎上:"咋样?"

老村长领着老王警察出了大门,小王警察也跟了出来。只见门口一块大石头上拴着一头母牛,旁边站着一头小牛犊。老王警察皱着眉头问:"人呢?"老村长道:"这牛不是胡传魁偷的。"小王警察问谁偷的?村长斜了一眼小王警察,没作答。而后扳着老王警察的肩走回院里。村长凹着腰朝屋里吆喝道:"屋里的,饭做好没?"

村长婆娘从屋里一伸头,应道:"刚和上面。"

村长脸一红,想冲她发作,被老王警察拦下。老王警察对小王警察伸出一只手:"烟。"小王警察忙把烟掏出来递给他。老王警察抽出一支烟塞进老村长嘴里,并帮他点着。老村长猛吸一口,打着手势让大家坐下。等村长把烟吸完,老王警察对村长道:"说说。"村长说没啥说的,牛不是胡传魁偷的,老实得像榆木疙瘩,三擀杖压不出个屁来,借个胆给他他也不敢。老王警察笑道,难道是牛自个儿跑到他家的?小王警察道,对呀,它咋不跑到别人家呢?"不兴它挣开缰绳跑出来?"村长白了小王警察一眼,站起来,对老王警察道,"王警官,我在电话里给你打过包票,这牛我可是给你牵回来了,你还给罗金宝家算了。别的……"

"那可不行,"小王警察噌地站起,道,"我们是来执行任务的,牛牵回来了是一回事,抓盗牛贼是另外一回事。"老王警察打断他,转过头不动声色地揣摩着老村长的心事。末了问:"见罗金宝没?"老村长往地上啐了口唾沫道:"他个龟孙,见我牵着牛,二话不说就想接走……叫我骂了个狗血喷头,爬回家去了。"

老王警察什么都明白了。小王警察却坠入云里雾里。

村长婆娘把饭做好,招呼几个人谁吃谁盛。吃饭间,老王警察告

诉老村长,吃完饭我们把牛直接送到罗金宝家里。老村长连声说行行行,这事到这儿算结局啦。

老村长帮老王警察把那头母牛拴到吉普车屁股后。老王警察临上车前走近村长婆娘:"眼皮还跳不?"村长婆娘正经八百地说,还跳,老觉得有啥事!老王警察说,我帮你吹吹?吹吹你就没事了,你就得劲了。村长婆娘道,你的脑袋才叫门挤住过,想吹也得趁你哥不在跟前喽。哈哈哈……几个人大笑一通。

老王警察寒暄着与老村长和老村长婆娘告别后,就开着破吉普车去旮旯湾罗金宝家送牛。老王警察开车去旮旯湾,就得经过筷笼湾。当走近一户人家门口时,老王警察下意识地踩住刹车。小王警察正纳闷,老王警察伸出一只手道:"烟烟烟。"小王警察掏出烟抽出一支递给老王警察。帮他点火时,他却摆摆手。老王警察把烟放在鼻子上闻着,闻着。突然道:"这就是胡传魁家。你坐着别动,我过去看看到底咋回事。兴许……"小王警察一听,不假思索地推开车门跳下去。没等老王警察喊出口,小王警察就一个箭步冲进胡传魁家。

当老王警察飞奔进胡传魁家门口的一刹那,眼前的一幕把他惊呆了——小王警察扭着胡传魁从屋里出来,兴奋地冲老王警察喊道:"承认啦,牛就是他偷的。"小王警察话音未落,胡传魁腾出一只手从腰里拔出一把锋利的尖刀狠命刺进小王警察的肚子里。

事情发生得太突然了,让人猝不及防。老王警察晴天霹雳一般吼叫一声,拔出手枪对准胡传魁。胡传魁惊诧着愣在那里,看着慢慢倒下的小王警察,手里的尖刀当啷一声掉在地上……

那天,小王警察的遗像悬挂在灵堂的正中央。哀乐低回,似水似潮。阳光透过簇簇盛开的鲜花映照着小王警察安详的脸庞。

小王警察的追悼会上,老王警察和老村长半跪半坐在那里,哭得撕心裂肺,哭得一塌糊涂,任谁也拉不起来。

隐　私

○高雁鸣

　　"笃、笃、笃……"那天，我下班回到家，刚在沙发上坐下，就听见有人敲门。开门一看，是楼上的邻居于秋萍。只见她笑模笑样地站在门口，手里端着一小瓷盆刚洗过的大红枣，说是刚从老家回来，这枣呢，是自家树上敲的，来，尝尝。我做出不胜感激状，下意识地在衣服上擦擦手，接过枣盆，又客客气气地把她领进屋，让到沙发上。

　　我把于秋萍的枣盆腾出来随便放茶几上，和于秋萍寒暄了一阵，又相互扯了一些不咸不淡的家长里短。见她没有马上就走的意思，我就只好硬着头皮应付着她。说良心话，我打心眼里不怎么欢迎她。因为她，我和我老公还抬过两回杠哩。那是我们刚搬过来不久，我和我老公在门口遇见了她。她嘴上和我打着招呼，眼睛却八辈子没见过男人一样直直地盯着我老公。回到屋里，我就给老公打了一针"防腐剂"："你以后少在她面前挤眉弄眼，小心看在眼里拔不出来！"老公往衣架上挂着衣服，说："我啥时间和她挤眉弄眼啦？女人家，嗅觉咋这么灵敏呀？"我嘟着嘴说，反正以后你少搭理她。老公把我拥进怀里，在我脸上亲一口，我却往他将军肚上擂了一拳。

　　"你，好像有什么事？"我问于秋萍。

　　于秋萍的脸像枣一样红了一下，支支吾吾说："你那天说那个人，

你认识?"

我就莫名其妙起来,问,哪个人呀?

于秋萍挠痒一样摸我一下,说:"你忘啦?你那天说……我们单位的马莲花……还有……"

哦——想起来啦。有一次几个业务单位在一起吃饭。席间,大家只顾埋头吃喝,唯独有一个叫马莲花的俊俏女子却不管不顾,手舞足蹈,有说有笑,格外吸引人的眼球。当得知她是某某单位的时候,我马上想起她和于秋萍在一个单位。我就随便问了一些于秋萍的情况。散席后,大家正在酒店门口踟蹰徘徊的时候,一辆黑色轿车悄无声息地停在马莲花的跟前,马莲花满面春风地拉开车门,撩起长裙坐了进去。我打的回到家后,刚好在门口遇见于秋萍。她笑着问我说,回来啦?我也笑笑,说回来啦。本来两个人就要各回各的家,我却鬼使神差地冒出一句:"秋萍,你们单位有个马莲花?"正要掏钥匙开门的于秋萍转过身来,惊异地问,你认识她?我说刚才在一起吃饭。于秋萍两眼放着光芒,呼吸急促起来,又问,她和谁在一起?我说有好几个单位的人在一起。于秋萍仰仰脸勾勾头,楼上楼下看看,神秘兮兮地压着嗓子说,她还是个大闺女呢,就叫人包啦。你是不知道,听说包她的那个人忒有权、忒有钱!我说我看见有人开着轿车接她,也看见开轿车的那个人,并且这个人我还认识,不知道你说的是不是他?于秋萍像中大奖一样,激动地说,是他,肯定是他。他叫啥?啥职务?多大年纪?长得啥样?我模棱两可地摇摇头。她道:"咋,不好意思说?"她有意掩饰着撇了一下嘴,转身开门。我也掏钥匙开门,并回过头冲着她的背影揶揄地一笑。

我看着身边的于秋萍,想,这事也就是随便说说,况且都过去这么多天啦。可不承想,她还一直惦记着!这不,还专门拿上一把枣跑到家里来往深里打听。唉,咋说呢?

"嗨!"于秋萍挪挪屁股坐端正了,眯起双眼,像自言自语又像冲我发问,"你说这个马莲花,她还是个大闺女呢,她能叫谁包着呢?咋个包法?包多长时间?她图的是权,还是图钱?将来找对象,不定把绿帽子扣到哪个冤大头的脑袋上咧。"我把她的小瓷盆递给她,说,萝卜白菜,各有所爱。别人的事别再打听啦,我也不会说的。于秋萍接过小瓷盆,像泄了气的皮球一样无精打采地走了。

晚上,我闲来无聊,就把白天的事说给老公听。老公端坐着,一边抽烟,一边看电视,思忖半天,说,这个于秋萍咋这样?对别人的隐私这么感兴趣?你们女人家,真是无聊透顶,俗不可耐。我把头拱进他怀里,说,想知道包养马莲花的那个人是谁吗?老公不耐烦地说,不想不想。我很奇怪,仰起头来,眨巴着眼问他为啥不想。他说:"你这个话题,老婆娘裹脚,只要一扯起来就没完没了,临了非扯到我头上不可,非拿我说事不可。"我憋不住想笑,往他将军肚上擂了一拳:"你们男人啊,没有一个是好东西,吃着碗里的看着锅里的……"

星期天,我正在家里拖地,听见有人"笃笃笃"敲门。等我打开门一看,又是对门邻居于秋萍。只见她手里端着一个小瓷盆,盆里盛着煮熟的花生,不等我让,她就一脚踏进屋里。她一坐进沙发,就说,这花生是她妈从乡下带来的,带得多,天热,吃不及就放坏啦,也不是啥好东西,送过来点尝尝。我心里不在意,嘴上还是挺客气地说"谢谢"。拉了一会儿闲扯,于秋萍突然道:"马莲花要提科长啦。"我皱了一下眉头,把目光从电视上转到于秋萍的脸上,问,啥科?于秋萍说财务科……财务科长马上要退休,马莲花原本是副科长,有可能要接科长。我说你呢?你不也在财务科吗?她点点头,说咱算啥呀,只不过是个小小萝卜头儿。于秋萍说着往我身边靠近一点,道,你那天晚上真的看见开车接马莲花的那个人了吗?你认识他,是吗?你告诉我,那个人是不是高高胖胖的,像种牛一样……不等她说完,我就打

断她说,秋萍,那个人我认识。但姓甚名谁我是不会告诉你的。我不是怕你拿这件事做什么文章,我是……我得恪守点做人的原则是吧?

晚上,我又把白天的事说给我老公听。老公很纳闷儿,说:"这个于秋萍想干什么? 老是打听人家的隐私干吗? 真是无聊透顶,俗不可耐。"想想也是。于秋萍你管好自己就是了,管别人那么多干吗? 吃饱撑的!"唉,老公,"我把一只手搭在老公身上,撒着娇,道,"你真的不想知道包养马莲花的那个人是谁吗?"老公这次没拗我,侧过身来,做出洗耳恭听的样子。我就势伏在老公身上,咬着他的耳朵,蚊子一样哼哼着说:"是你一手提拔起来的人。"老公急问:"谁?"我说:"还能有谁? 管财政处的李处长呗!"

大概是半个月以后,于秋萍再一次敲开我的家门,把小瓷盆里的几串葡萄放在茶几上,然后告诉我说马莲花提起来啦,当科长啦,鸟枪换炮如愿以偿啦。说话时,一脸的醋意:"哼,当个科长就烧得好像娘娘一样,啥能耐,不就是会浪嘛,啊呸! 人前趾高气扬,人后捣断脊梁。"往我身边凑凑,又道,"你说说,像这号臊人,简直是女中败类。把我们半边天的脸面都丢光丢尽啦,一粒老鼠屎坏了一锅汤……"说着,把身子坐正,继续道,"姑奶奶就是拉棍要饭穷掉脑袋也不会指望当鳖养汉往上爬。"

记不清又隔了多少时日的一个星期天的下午,我打外边回到家。我家住在三楼,不知为什么却不知不觉走到了四楼。刚要转身往下走,只听见于秋萍家的防盗门轻轻响了一下。我一伸头儿,看见一个高高胖胖的男人从她家里退了出来。于秋萍好像恋恋不舍地扑向那个男人,口袋一样吊在那个男人的脖子上,说:"亲爱的,我的事你可得上心啊。"之后,意犹未尽地在那个男人脸上乱亲一通后才转身进屋。

等那个男人回过身来时,我差点昏厥过去。那个男人是我老公啊!

邻　居

○王辉俊

　　这是一个老院子,院子里住着五户人家,赵王李刘宋,都是极普通极平常的工人师傅。彼此没啥可攀比的,大家和和气气过日子。五户人家共用一只水电表、一间破厕所、一根晒被子的绳子。虽然,常为水电用多用少、小孩打闹、晒被子抢绳等琐事发生争吵,但仍不失为友好睦邻。

　　可是,谁能料到会发生这样的事呢?

　　赵师傅的大舅子中标当上了厂长。外面传说赵家将搬出这既老又破的大院,迁进刚落成的宿舍大楼。于是,另外四户突然对老赵有了仇,背地里说他家坏话,见了面冷若冰霜。老院失去了往日的真诚和直爽。

　　没几天,王师傅接到几十年杳无音讯的老外公在香港病危的电报,要外孙举家迁港继承遗产。这无异于平地又响起一声炸雷。于是,李刘宋三家又结成统一战线,从此不再理王师傅家大人小孩的事了。

　　然而,不该发生的故事一个接着一个发生了。老刘的儿子小虎向厂长呈上辞职报告,准备在街市上租一间房子开个小吃店。老李和老宋气得哼哼的,两家并一家,天天喝闷酒。

这天下午,天气格外闷热。老李又约老宋到离家不远的小酒馆里对饮。人借酒威,酒助人胆,他们又在数落着赵家短、王家长的事儿。

突然,一队消防车鸣着警笛从小酒馆前呼啸而过,朝着他们那个老院子的方向飞奔而去。

酒馆老板与他们是熟人,风风火火来到酒桌前催促道:"老哥儿俩,说不定是你们那老院子着了火了,赶快回去看看吧。"

老李却睁着一双半醉不醉的大眼珠说:"今晌午我老伴儿、儿子和儿媳到儿媳娘家去了,不会是我家失火。你呢?老宋?"

老宋也喷着酒气说:"那巧了,我那家子都出门去赴人家的婚宴去了。咱哥儿们再喝,喝它一壶,哈哈……"

"说得对,老板,再斟一壶烧酒来。"老李幸灾乐祸地说,"要当真烧了咱那老院才好呢,烧穷了大伙儿一块穷。"

说罢,他们两人又划拳猜令地对饮起来。脑袋越喝越沉,嘴巴说话也越来越含糊了。

也不知过了多少个时辰,只见赵师傅一脸油污一鼻子灰地寻到小酒馆来。见到老李和老宋,不由分说,一把夺过两只酒杯砸个稀巴烂,生气地说:"老李家失火,连你老宋家都烧光了,你们还喝酒逍遥,好不自在啊!快回去看看吧,大伙儿都分头找你们去了。"

这一说,他们二人都醒了酒,弹起来拔腿就朝家跑去……

老院子里,大火已被扑灭,但浓烟仍在弥漫。透过浓烟看去,老李和老宋两家已被烧成灰烬,三五条木梁塌了下来。"完了,全完了。"老李哀号了一声。

"破屋又遭连夜雨,真是祸不单行啊。这回又有人看咱们的好戏了。"老宋又气又恨地说。

"哗——"只见老宋的老伴儿提着一桶要灭火的凉水,劈头盖脸

泼到老宋身上,说:"好你个老酒鬼。人家赵师傅、王师傅、刘师傅三家人好心好意救火,你倒没日没夜咒人家,肺都被狗叼去了。你睁眼看看,刘师傅为了抱出咱家那台彩电,胳膊都摔伤了,还吊着绷带……"

"那咱家的东西……"老宋茫然地望着那片灰烬。

他老伴儿戳着他的脑门儿说:"赵师傅的大舅子带着厂里的人,把咱两家的东西早搬到新宿舍大楼去了。

"啊?!"老李、老宋同时张着嘴,说不出话来,像两个定了格的问号。

喝酒的牛

○王辉俊

　　牛吃草干活儿，这是很自然的事。牛不喝酒不干活，这又是很奇怪的事。

　　幺爷就是这桩怪事的制造者。幺爷孤鳏一人，十里八乡犁田耙地的一把好手，长年帮佣为生，终日与牛相伴。幺爷好酒，早酒佐一颗糖果，午酒捻几粒花生，夜酒舔一块回锅肉，经济实惠，自得其乐。

　　一日，夕阳西下，犁田归来，幺爷又喝起自酿的地瓜酒，哼起几句琼剧名曲。喝到酒酣处，醉眼迷蒙中看着嚼草反刍的老牛，油然生发一股悲悯之心，深深叹口气道：老牛呀老牛，咱们都是苦命呀，有缘终日相伴，就像兄弟一场。来，老哥我敬你一口酒！

　　于是，幺爷端来两只大海碗，自斟一碗，递一大海碗送到老牛嘴边……

　　这老牛跟着幺爷多年，通晓人性，主人端来的东西，无论好歹，当吃不辞，也不嫌。只见老牛初尝酒气，呛得它咂嘴，把牛角扭向一边。一会儿工夫，老牛似乎品味出这地瓜酒的另一番滋味，又扭过头来，继续舔酒，最后把那大海碗酒吸个一干二净，直喝得它两眼通红，立起身来，亢奋得刨蹄摇尾。

　　幺爷看得出来，这是老牛自在悠然的表现。于是，幺爷也立起身

来，抚摸老牛的脸庞与耳朵，老牛又舒舒服服躺在地上，闭目歇息……

奇迹出现在次日，喝了酒的老牛，这天替人犁田格外亢奋有力，仿佛浑身有使不完的劲儿。平常一天才能犁完的五亩地，现在只用半天的时间，下午又多犁了三亩地，幺爷多收了三十元的佣金。幺爷掐指一算，一碗酒才五元，今天多赚了二十五元。幺爷乐，老牛乐，皆大欢喜。夜里，幺爷又给老牛多加了半碗酒，二者喝了个尽兴……

自此，幺爷的牛会喝酒，喝酒的老牛犁田多，一传十，十传百，成了十里八乡的奇闻。好奇的人慕名而来，都想看牛喝酒犁田的新鲜光景，自然就有了见面礼，见面礼就是各式各样的酒。

人怕出名猪怕壮，其实牛也是怕出名的，这老牛原来一天喝个一斤两斤地瓜酒，后来酒量越来越大，两斤三斤不在话下，四斤五斤才过瘾。

再后来，客人当见面礼带来的高粱酒和二锅头的度数高，酒劲足，老牛就改喝高度数的白酒。幺爷自酿的低度数的地瓜酒，老牛用鼻子嗅一嗅，就不愿喝了，就是勉强喝了，十斤八斤也满足不了它的大胃口。

更让幺爷始料不及又气又恼的是，自从电视台拍了"喝酒的牛"的电视专题片，有好几家酒厂争着赞助做广告，给幺爷与老牛送来整箱整箱的好酒，老牛的酒量更大了，胃口更刁了，不是好酒不喝，喝了好酒也懒得下地干活，成了一头名副其实的"醉牛"。

这日，幺爷喝了口早酒，拽着老牛要下地干活。也许是老牛昨晚喝酒过多，仍在沉醉不醒。幺爷恨恨地骂了一句：老牛，也跟一些当官的学坏，喝了两口"马尿"，就忘了老本，不认祖宗了！

唉！牛吃草干活儿，这是很自然的事。喝惯嘴的牛喝了酒也不干活儿，也就见怪不怪了……

老侯与老猴

○ 王辉俊

他叫老侯，靠山吃山，他像猴儿一样机灵，从没吃过半点亏。

它是真正的老猴，猴世界的山大王。它像人一样精明，常给人意想不到的恶作剧。

老侯和老猴常常在山里照面，老侯常带些香蕉送给老猴，老猴也常舀几瓢野蜂蜜或是树洞里自酿的猴子酒回敬老侯。

特别是那猴子酒，原汁原味，浑然天成，那个甘醇味，套用一句时下的广告语，滴滴香浓，意犹未尽，这也是老侯的幸运和夸海口的本钱。

几天前，老侯又带着香蕉进山，想寻老猴换口酒喝，他吆喝了几声，不见老猴现身，却无意间发现了老猴酿就的好酒。老侯暗自庆幸，拿着勺就往树洞里舀酒，舀了满满一坛子，把树洞里的酒舀得一干二净。

当时老侯要把香蕉留下给老猴，也就没有后面的故事了。可老侯想，老猴呀老猴，休怪我无情无义，谁知你蹦到哪里去了，今日给我捡了个便宜，这香蕉我带回去，改日再拿来与你换酒！

又过了几日，县长要进山来扶贫。乡长急忙叫老侯去向老猴换酒，好让县长尝个新鲜。

老侯领命进了深山找老猴,这回老侯带的是乡长买的苹果,可老侯吆喝几声,老猴躲在树丛中不出来,老侯又从树洞里自己舀酒,舀出酒后喝了一大口……

不幸的事情发生了,只见老侯立刻口吐鲜血,倒地身亡。

乡长久候老侯不归,差人进山寻找,好不容易找到老侯的尸体,抬到医院尸检,老侯身中剧毒不治。

原来,老猴被人偷了好酒,猜想是老侯所为,心想,老侯太不地道!于是,它取来见血封喉树脂,掺进树洞酒里,只要你老侯再不地道一次,就休怪我老猴不仁不义!

骗喝猴子酒,只能喝一次!——这句乡俚就此传开……

女　人

○傅全章

　　老王和他妻子既般配又勤快,下班后双双经营第二职业,这些年也积攒下了一笔数目不小的钱。

　　"我说,我们都是四十几五十挨边的人了,不能老是这样上班忙了下班忙,还是想法活得轻松愉快点吧!"妻说。

　　"对头!你说到我心坎里头了!我早就想说这话了,没有说出来,是怕你说我没有雄心,才挣几方票子就满足了。其实,我也感到累,也不想再那么累了。可咋个轻松法呢?不搞第二职业了?可搞得起,又有赚头,累是累,怕一时还舍不得丢哟!"老王说。

　　"我看是不是这样,我们请一个保姆来料理家务,做饭、打扫卫生,没有把人了解清楚前菜还是由我买。"妻又说。

　　"好!我也早就有这个想法,只是想到我们在机关里头工作的,怕人家不理解,其实呢,现时也算不了啥,普遍得很嘛!可脑子里总是还有过去那套思想,怕被人说成是享乐主义。总共才两个人,儿女又出去了,在人家眼里看起来都是很单纯清闲的了,还要请保姆,这些只不过是顾虑罢了,其实也用不着管那么多。那我明天就去劳务市场上物色一个!"丈夫又说。

　　夜已深,窗外树上的虫鸣声也已打住,两口子越说越兴奋。妻子

一看表:"哟! 不能再说了,明天清早要爬不起来了!"于是两口子迅即脱了衣,上床相拥而卧,很快就进入了梦乡。

第二天中午下班后,老王的妻子回家,见丈夫还没回来,心想他定是到劳务市场上选保姆去了,于是边做饭、弄菜边等着。

钥匙开门的声音响过,丈夫回来了,接着是一串兴奋的声音:

"喂,快过来! 我给你请了个客人来!"

丈夫身后果然跟进了一个嫩女人。

老王的妻一瞧,瞪大了眼睛,直直地瞪了好久。

"满意不?"丈夫问。

"啊? 嗯……"妻子含糊答应。

从此,老王家变成了三口人。每天,姑娘把屋子收拾得亮堂堂的,饭香菜美。老王夫妇下班就吃,吃了又不洗碗扫地,衣服也有人洗。"这生活太舒服了!"老王时常这么想。

老王妻子从此增加了一个习惯:特别注意收拾打扮自己,并且要在穿衣镜面前照了又照,瞧了又瞧,身前照,身后照,照了头发又照脸,照了屁股又照腰,有时还用一把镜子对着穿衣镜,透过反光照自己的后脑、后背。可每次她都是照了后又微微地摇头,不知道是哪里还不满意。

老王妻子还在吃饭或其他闲暇时爱仔细瞧这保姆,看见保姆那粉里透红的脸蛋儿,圆圆润润的鼻尖儿,忽闪忽闪的大眼儿,面颊一笑就出现的两个酒窝儿,一笑就露出的一排白牙儿,一起身就闪现在眼前的细细的窈窕身段儿,心里真不是个滋味儿。

老王起初没注意,后来渐渐发觉妻子特别关注自己的行踪。有一回,老王要出差,中途要回家取行李。老王刚进门,妻子也随即就进来了,比专门约了时间还巧。

又有一回,老王妻子的单位组织活动,那晚上在一个档次很高的

舞厅活动,她本来很喜欢跳舞,可她坚决拒绝了同事们的挽留,一个人回了家。

还有一回,保姆生病住院,老王到医院看望,几分钟后老王妻子也赶来了。趁老王出去时,她审问了保姆,问老王刚才对保姆说了些啥话,有没有特别关心体贴的话。老王回来时,妻子还在审问。老王顿时就感到不舒服,脸色阴沉,心里暗骂:"不像话!"

终于,有一天晚上,老王和他妻子并排躺在床上,直直的,中间相距一尺远,妻用谈判的口气说:

"喂,老王同志,我提个建议,是不是把保姆辞退了?我宁愿自己做家务,不然这样我活得更累!"

老王本想说别人干得好好的为什么要辞退的话,但他很快醒悟过来妻子为什么说她更累,于是发出不知是从鼻腔里还是口腔里出来的、是"哼哼"还是"嘿嘿"的、是愤愤声还是鄙笑声的声音来,并爽快地也是无可奈何地回答说:

"为了你的轻松,那你就把保姆辞了吧!"

说完,两个人两背相对,各想各的心事。

相 思 鸟

○傅全章

年过六十仍风度翩翩的张老师退休后,也养起了鸟儿。你要晓得,过去他是从不养鸟的。不仅不养,还把那些养鱼养鸟养花养草的人统统说成是"玩物丧志"。

张老师买了一对相思鸟来养。这对相思鸟羽毛光洁、性情活泼、行动敏捷,一天到晚跳个不停,唱个不停,特别是公鸟的歌声格外婉转嘹亮。晚上,这对夫妻鸟就头挨头、身靠身地挤成好像一只鸟儿一样。张老师两口几乎每天晚上都要欣赏好久好久,把鸟儿的恩爱情景用来鞭策自己,决心也要像鸟儿那样恩恩爱爱地过日子。

不幸的是张老师的老伴于半年前因肝癌晚期去世。从此张老师就没有兴趣,不,是没有勇气每天晚上再去看相思鸟儿的恩爱睡相。

有一天早晨,张老师起床后,把鸟儿从房间里提出来,一看那只鸟妻蔫蔫的,头都抬不起来。张老师马上奔下楼,到附近的一家诊所去买土霉素,准备用来救鸟儿。可是,他下楼买药尽管只用了短短的十多分钟,但他上得楼来,发现鸟妻已经咽气,鸟丈夫则在亡妻身边发出"啾啾啾""唧唧唧"的哀鸣。

从此,每天早晨,张老师提着那一只孤鸟到公园,将鸟笼挂在树枝上,选就近的一把椅子坐下,陪着鸟儿。也许时间久了,鸟丈夫已

忘记了亡妻，又欢快地唱了起来。或许，它是在呼唤新的伴侣。

张老师每天都选那个固定的地点去挂鸟笼。后来，旁边一位独自练完红绸舞的女人也爱坐在张老师附近的椅子上。久而久之，也不知是哪个先开的口，两个人竟然开始搭话，而且话也由少变多。话题常常从这只相思鸟儿说起。

有一次，那女的对张老师说："你咋不买一只母鸟给这只公鸟配对呢？"张老师回答说："我和这只鸟儿就是一对呵！我怕给鸟儿配了对后，我羡慕它、嫉妒它。"女人听后乐了，知道了张老师是单身。

有一天，练红绸舞的女人对张老师说："老张，有一件事跟你商量一下，我最近要一个人到女儿那里住一段时间，我家也有一只相思鸟无人照料，能不能在我走的这段时间帮我把那只鸟养一下？如果可以，我明早就提来放在你的笼子里。"

"可以！可以！"张老师满口答应。

从此，张老师每天早晨到公园提的鸟笼里就有了两只相思鸟，一只公的，一只母的。那歌声也有了两种声调：一高一低，一刚一柔，真是夫唱妻和，其乐融融。

这个期间，跳红绸舞的女人多次打电话问张老师，自己那只鸟儿是否活得好，和老张的鸟儿是否合得来，顺便也问起老张过得好不好。张老师也多次打电话给远方的跳红绸舞的女人，告诉她这只鸟儿如何吃的、睡的、唱的、跳的，乐得对方"好、好、好"地"好"个不停。

后来，跳红绸舞的那个女人从她女儿那里回来了。张老师每天早晨提的鸟笼里仍然是两只鸟儿。

再后来，张老师也跳起红绸舞来了。

再后来，那个跳红绸舞的女人就随着跳红绸舞的张老师跳到张老师住的那个"笼子"也就是张老师住的房子里去了。

每天晚上,张老师和那个跳红绸舞的女人头挨头地欣赏那一对头挨头身靠身仿佛合二为一的相思鸟儿。

相
思
鸟

"钦　定"

○傅全章

　　雨后的山村显得格外清新、宁静。

　　小山子今天要带女朋友回家。在这座小青瓦盖的四合院里，他的父亲、母亲、爷爷、奶奶都忙里忙外，做着准备：有的收拾屋子，有的上街买肉，有的下地摘菜。

　　这女子叫阿娟，粉脸，细腰，白手，眼睛特清亮。一家人看在眼里，乐在心里。原来，农村里找媳妇，时兴"十大九不输"，要的是粗壮有力。而今，农活少，选媳妇也更看重相貌，不光看重体力了。

　　小山子初中毕业后去烹饪中专读了书，毕业后到住家附近的场镇上的一家馆子当厨师。阿娟是场镇上的人，在自家开的服装店里卖衣服。一天早晨，阿娟去小山子的馆子里买抄手吃，小山子专门给她包了一碗鲜抄手，肉馅特多，加了猪油、葱花，双手捧到阿娟面前。汤鲜味美，阿娟特满意。抬头一看，见小山子眉浓口阔，虎虎生气，心中怦然一动。自此有了交往。

　　这天晚上，阿娟在小山子家留宿。

　　睡前洗脚，一个大圆木盆盛了半盆热水。小山子和阿娟一齐将脚放下去洗，而且，小山子的脚还压在阿娟的脚上。

　　小山子和阿娟洗脚的这个动作被一旁的爷爷看见了。

当晚，爷爷、奶奶找到小山子的父亲、母亲，也就是他们的儿子、媳妇，说这个女子不能嫁到这个家，原因就是太放荡了，婚都没结，这样子洗脚，像啥话？

小山子的父亲、母亲听后，沉闷了一会儿，小山子的父亲开口道："是开放了点儿！不过，现在的年轻人也不能拿我们年轻时那样的规矩来要求。"

小山子的母亲也附和："就是。"

爷爷坚持："天下女人多的是，何必硬要这一个？"

奶奶附和："就是。"

无法统一，决定明日再议。

翌日，东方天边一轮红日高升，山乡新的一天已来临。

半晌午，阿娟和小山子从屋外走回来，阿娟手里提了一篮子树叶、野草。

阿娟对小山子的爷爷说："爷爷，听山子哥说您有脚气病，我家奶奶告诉过我，说扯这些草药熬水洗可以治。看，我们扯了这些，马上熬来给您洗。"

爷爷脸上露出了点笑容。

当木盆里盛着洋溢着草药芳香的洗浴水端到正在阶沿边木椅上坐着的爷爷脚边时，阿娟立即弓腰下去帮爷爷脱鞋，并把爷爷的脚抬起放到盆里，用双手给爷爷洗起来。

不知爷爷是啥感受，眯着眼让阿娟给自己洗。

即将吃午饭时，爷爷走到厨房，对正在忙活着的小山子的父亲、母亲说："娟子这闺女就让她进这个门吧！"

英雄刘大帅

○飞鸿

　　刘大帅是我们村的英雄。啥样的英雄村里人说不清楚,只知道刘大帅领过兵,打过仗,挨过刺刀,吃过枪子,钻过死人堆,蹚过血水河,最后命大福大,在边疆某军区当着老大不小的官儿。这些从不曾被村里人目睹的事,像村头槐树上扯起的白幕布上放映的老电影一样,一遍遍在老槐树下有模有样地讲出来,直讲得我们村的小刘大帅、孙大帅、王大帅韭菜似的一茬茬往外冒,有几个睡到半夜还猛地跳下床大喊:老子刘大帅在此,谁想怎么样? 刘大帅是英雄,我们村我们这一代人的英雄,我们做梦都想摸摸他的皮肤是不是温热。

　　英雄大多活在传说里,刘大帅也不例外。所以被我们听烂了的那些故事里的刘大帅始终不曾出现在我们村里。我们只能当他是电视里的超人,白天生活在人堆里,只有到了晚上才穿上英雄的外衣,做那些只有英雄才能做的事情。

　　传说很多时候是容易被遗忘的。当我一天天长大、一天天忙碌、一天天远离大槐树的时候,刘大帅这个英雄就只剩下我嘴里偶尔的一个名词了。

　　这个夏天我终于有机会重新坐在大槐树下。正值中午,行人稀少。大槐树下被吴麻子当作菜市场,密密麻麻地摆放着倭瓜、豆角、

西红柿、茄子、青椒、马铃薯,五色斑斓。我坐在吴麻子递过来的一个破凳子上。天气很热,树下却有凉风一阵一阵地吹。吴麻子有一搭没一搭地问着我的情况,我礼貌且有点谦虚地回答他。气氛像这夏日的午后,闷热中不时灌过来一阵小风,让人慵懒又满怀期待。

老哥,过来坐吧。循着吴麻子的喊声我看到一个瘦瘦高高的老头,白衬衣,黑长裤,一双尖口黑布鞋,浑身上下干净利索,看样子不像是村里的老人。

老人接过吴麻子递过去的凳子,弯腰坐了。吴麻子拿张旧烟盒往屁股底下一垫,顺势坐在一堆土豆中间。

老哥,好些了吧?几时回家去呀?吴麻子换了个人似的,精神了许多。面前的老人微微一笑,很轻巧地把左腿压在右腿上,左手放在膝盖上,右手掠了掠花白的纹丝不乱的头发,这才开口说:输了十来天水,感觉还是不好。儿子闺女都回来了,今天下午的火车,立马就走。他说话时双唇间露出一颗银牙,细腻光滑,看得我直想伸手去摸一下,看那颗牙是硬的还是软的。

这就走哇?咋不坐飞机了?吴麻子有意发问。

老人双眼微闭,似乎正有病痛袭来。片刻他的脸色恢复平静,话却说得不紧不慢,就像说别人的事,全没有一个久病老人的慌乱或者无奈:主要是心脏不好,经不起飞机的折腾。儿子从市里雇了车,直接送到火车上。

心脏病人最好不要坐飞机。我只插进去这么一句。

是啊,这次来得比较凶猛。我觉得还是回去吧,毕竟孩子们都在那边。老人看看我,仍然不慌不忙。

那是,那是,老了还是待在孩子们身边好。吴麻子若有所思,却又好像不知道怎么说下去。

我得走了,看情况吧,说不定过段时间病好了就又回来了。老人

把腿放下来，轻轻抖了抖，缓缓站起来。我盯着他略显清瘦的背影，弄不清这个老人的来历。

等他走远了，吴麻子轻叹一声：都这样了，还想着回来。这人啊，真是说不清楚。

我被他的话弄得更迷糊了，就问：他是谁呀？

你不认识他？他就是咱村里的刘大帅啊。都八十多了，反倒比年轻时候更出格。为着一个老相好，巴巴地从大老远的边疆跑回来，宁愿住人家里的土瓦房，也不去住他那带警卫的小洋楼。

原来他就是刘大帅，陪伴我们长大的"英雄"。看来他的故事仍然在老槐树下流淌，只不过早就换了版本。而我多年前埋进心坎的英雄偶像，今天竟这样在我眼前出现又消失。

吴麻子说，刘大帅当兵前在村里有个相好，叫云英，比他小几岁，为了他一生未嫁，现在也是七十多岁的人了。刘大帅打完仗分到边疆后，老婆孩子跟着到了边疆，一家子总算过了一阵安生日子。只是刘大帅退休后闲下来，偶然得知云英的情况，竟一次次瞒着家里人从几千里外的边疆跑回老家来。老婆死后刘大帅更是无所顾忌，不顾儿女三番五次的规劝，毅然回到村里住进老相好的旧瓦房里，帮她播种收割，一晃竟也过了十来年。

要不是这次病重，他肯定还不走哩，硬汉身子柔汉情啊，这世上的事儿可真是难说！吴麻子这么说时，他的脸正罩在吐出来的一口烟里，所以尽管我使足了眼力，也没看清他脸上的表情。

吴 麻 子

○飞鸿

吴麻子也是我们村的一个人物。

吴麻子的皮肤在村里男人中是少有的白,农村人一年四季风里来雨里去,别人都成了黑红的,吴麻子割麦故意不戴草帽,想晒黑,谁知歇一晚上,第二天起来照样是一张白脸。真正的白人晒不黑,这样的人在我们村几百号人中只有仨:周老三的侄媳妇是一个,大队支书的闺女小秋是一个,还有一个就是吴麻子了。那时候你去我们村找他,无需问,只管挨个看过去,一溜儿黑红脸膛中,扎眼白的那个后生准是吴麻子。当然,这是远看,近瞧,吴麻子的白脸上,靠近鼻凹的地方密密麻麻地长着针尖样大小的黑痣。他娘说是他生在五黄六月里,苍蝇老多,吴麻子睡着了,娘忙着干活儿,没顾上给他赶蝇子,蝇子就屙在他脸上了。被苍蝇屙出麻子来,倒是给吴麻子他爹省了事:干脆就叫个麻子吧,谁让咱有这个呢!

女人一白遮三丑,吴麻子这个大老爷们长着一张大白脸,实在是有点浪费资源。吴麻子长到二十多岁,同龄人都结婚抱儿子了,吴麻子还没说上媳妇。他娘托媒人提亲,可人家闺女说了:吴麻子那样白的脸上长着麻子,远看还可以,近了看着老晃眼!他娘一边骂:现在的闺女,没一个能要的,真是不害臊,啥话都敢说!一边安慰吴麻子:

没事,没事,咱就靠这麻子享福哩,这是你的婚姻还不通透,算命的都说了,你是晚婚。吴麻子任他娘说得嘴皮子都薄了,才甩出一句:娘,我想出去。他娘一惊,你想去哪儿?吴麻子说:去城里。城里人脸都白,我去了就不显得出格了。他娘惊魂未定:你一个种地的去城里能干啥?

吴麻子不再争辩,晚上偷偷整理了衣裳被子,天不亮就出门坐车走了。这一走就是五年。村里人只听说吴麻子跑到兰州推销药材,听说挣大钱了,听说买房了,听说买车了,听说还娶了城里的女人,听说吴麻子就要衣锦还乡了……吴麻子他爹娘就在大门后头立了根锄把,准备在吴麻子进家门的时候就把这个忘恩负义的家伙的腿打断。

吴麻子回村那天是开车回来的。吴麻子是我们村第一个自己开着自己掏钱买的车回村的,虽说只是个"小面包",可毕竟带了个小字,还是私家车,这在 20 世纪 90 年代中期的我们村,轰动效应可想而知。吴麻子大开着车窗坐在驾驶座上,手指上套着黄灿灿的大金戒指,脖子上也戴了粗粗的"拴狗链子",看得我们村里人眼睛一瞪一瞪的:城里的钱真的都是掉到大街上,谁捡住是谁的?

吴麻子一边探着脖子看路,一边扭着头大叔大伯大娘大婶地叫着,一张脸显得更白,麻子似乎也少了,只是嘴角那抹笑意有点深,只有年长懂得世面的老五叔心里稍稍惊了一下,不过很快就被热闹淹没了。副驾驶上,是吴麻子那个细皮嫩肉的城里媳妇,正按照吴麻子的意思挨个给围上来的乡亲们发送"大中华"。

"俩人一样白,般配。"村里人说着笑着,比过年还热闹。吴麻子的爹娘早忘了门后头的锄把,等吴麻子和媳妇一下车就抱着哭上了。

吴麻子跟城里媳妇只在家待了两天就开着他的五菱面包车匆匆走了,说是生意忙,等过年歇了再回来。这以后吴麻子在我们村大槐树下就也成了永恒的话题:"秃子精,麻子能……老辈人留下来的至

理名言啊!"村里甚至还有人一路打探跑到兰州去,跟着吴麻子入了行,也挣着钱了。

吴麻子的儿子长到五六岁,正是该上小学的年龄。有一天忽然被吴麻子的媳妇送回老家,交给爷爷奶奶看管。原来是传言多时的吴麻子犯事得到了证实,吴麻子涉嫌销售违禁药品被判刑,入了监狱,他那个不明真相的城里媳妇感觉上了当,不愿意等他出来,提出离婚,吴麻子同意了。

十几年后吴麻子重新回到我们村,一身蓝布衫裤,浑身上下没有一件多余的东西。两天后吴麻子在空旷了许多的大槐树下摆起了菜摊子。隔几天到城里批发回来一筐筐的新鲜蔬菜,在大槐树下一字排开,红的红,绿的绿,极像我们当年在大槐树下打闹的身影。村里的媳妇大妈们就一天一趟地往大槐树下跑起来。吴麻子是看准了我们村经济状况好转,男人们多数不在家,女人们不愿再侍弄孩子一样地侍弄自家的菜地,这才打起炉灶另开张,做了我们村唯一的"菜"老板。

兴许是上了年纪,这些年吴麻子整天坐在大槐树下,虽没晒过多少日头,原来的那张白脸竟也蒙上沧桑,跟村里普通人没什么两样了。不过,村里人都说,现在的吴麻子,脸虽然黑了,可心气儿平了,菜的价格公道合理,还都是时令的新鲜菜,并且没有污染呢!

能人哑巴宏

〇飞鸿

宏是个哑巴,生下来至今三十多年没喊过一声爹,没叫过一声娘,没上过一天学,也没娶过一个老婆。但是哑巴宏明事理,从来不把自己家的东西给别人,也从来不拿别人家的东西,任凭你满脑袋长嘴走火车,谁也甭想搬走他家半箩筐沙土。

宏虽是个哑巴,可是会干活儿,不惜力。自从宏能挑起箩筐,拿起锄头,宏家的日子是越过越殷实,越过越滋润。村里人都说:看看人家哑巴宏,抵得上一群儿了!

哑巴宏喜好抽烟,一锅接一锅地抽,有人就逗他:宏,头顶着火了。哑巴宏粗着嗓门"啊啊"两声,很有点自鸣得意。哑巴宏也霸道,走路从来不给人让路。哑巴宏挑着箩筐,胳膊弯里夹一把镰刀,后背微弓着,走路非常快。不管路上有没有人,呼哧呼哧喘着粗气照直蹿过去。也有人故意逗他,往小路中间一站,哑巴宏脚下一个急刹,低着的头抬起来,疑惑地看一眼。那人笑嘻嘻地说:宏,好兄弟,俺家的花生棵子都饥荒了,把你那粪担俺家地去,我给你烟抽中不?带嘴儿的。哑巴宏只是"嘿嘿"着,不点头也不摇头。那人把吸了半包的烟拿出来,手刚搭到哑巴宏的肩上,宏冲天"啊啊"两声,他的嗓子尖细高亢,直通通不打弯,跟着脸就涨红了。围观看热闹的多起来,那人

把烟放进自己兜里，又从裤兜里摸出一毛钱，俩指头捻了，举到宏脸前：看看，钱。你把粪担我家地里，这个归你。

哑巴宏盯着那人的脸，有了恼的意思，他张开嘴连续不断地"啊啊啊"，声音越来越高，越来越直，那人惊得一毛钱掉地上，身子早退到一边，哑巴宏耸耸肩上的扁担，两个箩筐一前一后从那人眼皮底下晃过去。周围有人哄笑：谁要是能把哑巴宏的东西哄出来，准就比哑巴宏还精了。

从没上过学的哑巴宏却会给村里的老师让路，帮村里老师干活儿。

大忙天别人家焦头烂额，哑巴宏家早早地院净囤满种子下地，哑巴宏就背了手吭哧吭哧走在山道上，不时有人朝宏喊：哑巴宏，过来，有烟抽的。宏看到不待见的人眼皮不抬就过去，看到村里威望高的人也会停下来，冲着人家笑笑，接着走自己的路。宏他娘跟在身后喊：宏，大春家的崴了脚，下不了地，麦子收不回来，你去帮把手。宏把脚迈进大春家的地里，右手镰刀一挥，露出白花花的一片麦茬。大春早在家擀了白面条，碗顶上冒尖三四个嫩黄的煎鸡蛋。左等右等不见哑巴宏回来吃饭，就知道宏一定是回自己家了，急忙登门去叫。宏躲在屋里"啊啊"几声，宏他娘跟大春解释：你教村里娃们识字不容易，宏帮你是他自己愿意的，他就待见你们读书识字的人。饭他吃不惯，你快回去吧。

也有那不着调的人家登门来求宏他娘。宏他娘朝宏喊：去老李哥家搭把手吧？宏不吱声，他娘再说时，他在屋里接连不断地"嗷嗷嗷""啊啊啊"一阵，他娘朝来人摊摊手，来人灰灰地出门。宏冲着他娘又是一阵"啊啊"，他娘好言好语：好好好，以后不让他来叫你，叫也不去。宏这才安生下来。

多年后，我成为外面的老师，回到村里。邻居们接连不断过来嘘

寒问暖，直到夜深人静准备休息，猛听到门外有啪嗒啪嗒的脚步声，坚实有力地一步步走近，到门口时又没了动静。我正疑惑，一张黑红的脸膛出现在灯影里，是哑巴宏，他的背已经很弯了，双手搭在弯起来的背弓上。他"嘿嘿"笑着，伸出一只手来冲我竖起大拇指。我递给他一根烟，他笑得更欢实了，把烟夹在耳朵上，背了手走回去。

　　他不是不要别人的东西吗？我问姐姐。姐姐说：他是看人呢，你是老师，读书识字的人。他把那烟夹在耳朵上是不舍得吸，明天到外面比画烟是你给的呢！我对着宏消失在灯光中的背影笑了笑：这个哑巴宏，咋啥都知道呢？